The Fatal Game

鍾靈作品

私の，限りなく残酷でいて，怖い手帖——

The Fatal Game

鍾靈作品

私の，限りなく残酷でいて，怖い手帖——

死神遊戲
The Fatal Game

目錄

被詛咒的基因

死神遊戲

後記

被詛咒的基因

楔子

一九八二年

敏怡家裡電視壞了，所以，她沒辦法看到媽媽。

不過，即使看不到媽媽也無所謂，敏怡並不是很想看到媽媽頭上戴著黑布套，被警察們拉來拉去，或者被惡劣記者問話的樣子。

大家都說敏怡的媽媽很壞很壞，還有一個長得很漂亮的記者姊姊站在她家門口，冷冷地對著攝影機說著「慘無人道」、「喪盡天良」、「泯滅人性」、「罪大惡極」、「駭人聽聞」什麼的，用那些負面的話來形容敏怡媽媽。

這些人，根本就不懂。

媽媽很可憐，其實她眞的很可憐。敏怡心想。大家爲什麼不去罵爸爸和巷口賣菸的阿姨呢？如果不是爸爸和賣菸阿姨傷害媽媽，媽媽又怎麼會那麼難過呢？媽媽根本就是被迫的，是爸爸和賣菸的阿姨太壞了，是他們不對。

……不過，媽媽確實做了一些有點可怕的事。嗯，好吧，正確地說，敏怡自己也幫了一點小忙。敏怡在丟垃圾時，雖然隱約看見黑色大塑膠袋裡有一截爸爸的手，但她並沒有說出來。另外，所有人——包括媽媽在內——都不知道，其實敏怡在廚房門外看到了。

她看到媽媽把賣菸阿姨的頭藏起來了，媽媽把阿姨的頭藏得極好，很聰明的做法，警察先生們果然一直都沒找到。除了媽媽和賣菸阿姨自己，就只有敏怡知道阿姨的頭到底被藏在哪裡。

反正，有沒有爸爸並沒什麼差別，何況是賣菸的阿姨。

現在唯一麻煩的是，媽媽被判死刑之後，敏怡只好重新找監護人了。監護人——大概是外婆吧——啊，一想到可能要搬回漂亮的外婆家，敏怡就覺得有幾分安慰。

媽媽曾經說過，外婆當年很反對爸媽的婚事。現在看來——嗯，能夠跟這麼有遠見的長輩住在一起，應該是件好事吧。敏怡忽然想起媽媽時常掛在嘴邊的話：「當初如果我聽話就好了。」敏怡一直牢牢記著，媽媽說這話時的表情，那種絕望和痛苦，使媽媽美麗的臉變得扭曲可憎。

「要乖乖聽話。」媽媽總是這麼說，「要記住，男人都是壞東西。」

在媽媽被警察帶走之前，敏怡知道每到夜裡，媽媽就會在客廳來回踱步，一邊望著時鐘，一邊咬著指甲。媽媽那雙桃紅色的拖鞋總是在冰涼的磁磚地板上發出沉悶的足音。

如果爸爸能早點回家，媽媽就不會這樣。如果爸爸回家之後乖乖的，媽媽就不會老是把菜刀藏到沙發下，又拿回廚房，到了晚上又再把菜刀藏好。媽媽跟爸爸吵架的晚上，媽媽總是大哭大叫，最後她總是拿起刀，一邊揮舞，一邊大叫著：「我好後悔！我不應該愛上你這個狼心狗肺的傢伙，我不應該不聽我媽的話！她說得沒錯，你不是好東西！」

通常爸爸不太說話，也不太回答。爸爸若是眞的生氣，他大概只會給媽媽一拳。等媽媽痛得倒在地上之後，爸爸就會安安靜靜地回到房間裡去。如果爸爸眞的眞的非常生氣，偶爾會抓住媽媽的頭髮，讓媽媽撞到牆上或者柱子上去。

很痛吧，媽媽。

敏怡記得某次她從房門縫偷看時，正好和媽媽痛苦怨恨的眼神交會。敏怡心想，她一輩子也不會忘掉的。媽媽的髮際已經滲出血，眼中滿佈血絲，鼓脹的眼珠像是要跌出眼眶外。

幸好，這樣可怕的夜晚只持續了一年多。媽媽是對的，長痛不如短痛。下著大雨的晚上，媽媽把賣菸的阿姨叫來家裡，用爸爸工具箱裡的鐵鎚好好教訓了那個壞阿姨。太好了，眞是把好鐵鎚，就算上面沾了變黑的血和阿姨的頭髮，它仍然是把好鐵鎚。

那天晚上，敏怡趁媽媽忙著處理那個阿姨的手腳時，把沉重的鐵鎚偷偷藏好了。也許有一天會用得著。敏怡這麼想著。

第一章・甜蜜的家

二〇〇一年

廚房是女人神聖的領地，在袁家也不例外。袁醫生家的廚房非常寬敞，按照女主人的要求使用了德國系統廚具，以鮮豔的紅色作爲主色，搭配著高級訂製的不鏽鋼配件，燈光明亮，餐具櫃裡擺放的也都是高級名品食器。

早上七點，敏怡一邊將長髮束起，一邊走進了豪華的廚房。她首先從冰箱裡拿出火腿和蛋，接著將咖啡機打開，另外準備了果汁機和柳橙要榨汁。這是敏怡每天早上的例行公事：爲丈夫伯恩和女兒佳佳準備早餐。

敏怡的丈夫袁伯恩是位很有名的骨科醫師，有錢，而且風度翩翩，可以說是所有女人的夢中情人。敏怡在護校時就認識丈夫，交往不到三個月就決定結婚。在結婚的第二年，敏怡生下了女兒佳佳。該怎麼形容佳佳呢？她是個漂亮的女孩，可惜她有著輕微的自閉傾向。生下這樣的女兒並不是敏怡的責任，但敏怡隱約感覺得出來，丈夫雖然沒說出口，但卻將不滿和失望藏在心裡。

……算了，還能怎麼辦呢？爲了跟丈夫結婚，敏怡還沒畢業就離開了護校，她除了家庭主婦外，從來沒做過任何工作。她有時也覺得自己和社會脫節了，但是她總覺得自己只要守住這個家，這個幸福的家，人生就會完美無缺。

丈夫的腳步聲從走廊傳來，敏怡甩甩頭，把幾絲微弱的煩悶拋到腦後，堆起笑容迎向丈夫。

「早安。」

「早。」丈夫回應著，語氣冷漠。

「早餐馬上就好了。」

「嗯。」

「今天晚上想吃什麼菜？」

「妳決定就好。」丈夫打開報紙，和敏怡之間豎起一道薄薄的牆。

「後天是佳佳學校要開家長會。」

「嗯。」

「嗯什麼？通知上寫了希望父母可以一起出席，所以特別選在星期日舉行。」

「妳去就好了。」

「我？你不去嗎？」

「有什麼好去的？不就是到教室裡聽老師抱怨佳佳嗎？」

敏怡一面把火腿翻面，說道：「你別這麼想嘛，身爲父親，應該多關心自己的孩子，不要像我的——」

敏怡停頓下來。她本想說：「不要像我的父親。」但敏怡決定及時收回，伯恩不會像爸爸那樣的，就連死，都不放過媽媽。而且伯恩很愛她，雖然很少和佳佳互動，但他一定也愛著佳佳。

「——怎麼，妳想說什麼？」

「沒什麼。你不去的話，我有點失望。」敏怡熟練地將火腿蛋裝盤，輕快地用抹布擦了擦盤緣，端到伯恩面前，「快吃吧。」

伯恩放下報紙，發自內心地嘆了口氣。幸好果汁機在此時開始運作，敏怡沒聽到他的嘆息。結婚十年來，敏怡永遠像個機器人，穿著同樣風格甚至顏色的衣服，留著同樣的髮型，在床上永遠只有相同的反應，煮著同樣的早餐——那是種近乎恐怖的規律生活，彷彿按著指令完成的人生，不允許一絲一毫的誤差。

無趣。

無趣的女人，無趣的家，無趣的生活，還有一個已經九歲但卻叫不到他九次「爸爸」的自閉女兒。伯恩看著眼前那份一成不變的早餐，他有種深深的疲倦感。

「怎麼了？發什麼呆？」敏怡的聲音讓伯恩嚇了一跳。

「沒什麼。明天開始不要再準備火腿蛋了，早餐我想換點別的。」

敏怡不置可否，「你想吃什麼？」

「除了火腿蛋之外，隨便都行。」

「讓我想想……眞的隨便什麼都行嗎？」

「什麼都可以，只要不是火腿蛋。」

「好，我知道了。那我就準備培根蛋好了。」

還能說什麼？伯恩不怪敏怡，他只怪自己十年前眞的瘋了。要得到一個女人的辦法有很多，但是用婚姻當作交換條件的後果，有時悲慘得無以復加。伯恩看著敏怡，此刻湧上他心頭的已不僅僅是疲倦，還有難以言喻的厭煩和嫌惡。

□

「愛情不過是一種普通的玩意兒，一點也不稀奇……」雪白的大腿襯著淺粉色的短裙，已褪去一半的網襪垂掛在纖細的足踝，柔順的黑髮軟軟披在肩上，立珊在病床上擺出令人血脈賁張的姿勢，一面輕哼著〈卡門〉的歌詞：「……什麼叫情，什麼叫意，還不是大家自己騙自己……」

診療室一角，袁伯恩臉色凝重，他仔細地把散落一地的衣服撿起，拍了拍之後穿回身上。

「……妳還在幹嘛？快把衣服穿好。」袁伯恩一面整理儀容，一面說道。

立珊懶洋洋笑著，「急什麼？難道你老婆會來醫院巡房嗎？」

「妳提她幹什麼？」伯恩忽然感到一陣夾雜著內疚的羞辱。

「怎麼？不能提她？她是你心中的最愛？還是最恨？」

「快把衣服穿好。」

立珊索性扯掉褲襪，她從制服口袋裡掏出一瓶未拆的指甲油。她用指尖拆開塑膠膜，旋開瓶蓋，開始彎曲著身體，仔細地在腳趾上塗著豔紅色的指甲油，那動作十分誘人。

伯恩轉過身，立珊半裸的身體依舊美好誘人，他的領帶正在她腿下。但是伯恩眼睛所注視的並非眼前美豔的護士，而是病床中央原本潔白，但現已污穢不堪的床單。

伯恩厭惡地命令著：「等一下去換張新床單。」

立珊嘻嘻笑著，「……弄得髒兮兮的，你眞是個髒鬼。唉，指甲油差點……」

「把領帶給我。」

「你老婆挑領帶的品味顯然不太行啊。呵呵。」

伯恩連忙轉過頭去。直到此時，他才意識到剛剛到底發生了什麼事。出軌，外遇——總之，他睡了別的女人。怎麼會這樣呢？其實，一開始他只是要立珊把一份檢查報告拿過來而已，後來到底……

媽的，他甚至沒用保險套！

伯恩感覺自己的心臟正瘋狂跳動著，漸漸地，羞愧和內疚開始轉化，成為一種怪異的刺激——

是的，一種刺激。

□

深夜。

長廊裡慘白的日光燈不知為何開始閃爍，銀灰色的電梯在樓層間移動著，四周寂靜無聲。

「……你要是愛上了我，你就自己找晦氣……我要是愛上了你……你就死在……我……手裡！」歌聲從立珊性感的雙唇間流洩而出，她腳步輕快地穿過長廊。

說真的，對於剛剛在病房裡發生的事，立珊感到幾分得意，幾分喜悅。身為一名護士，夢想當然就是嫁給高收入高學歷的醫生。雖然袁醫生已經結婚，但是立珊認爲這一切只是開始，她對自己有信心。那位素未謀面的袁太太，遲早有一天會被她趕出去。剛進入這家醫院時，立珊就不動聲色地打聽過袁醫生的家庭背景：一個連護校都沒畢業，也沒有任何家世的太太，只生了個自閉的女兒……反正原來就不是個幸福的家庭，即使被破壞也無所謂。

立珊印象裡曾經聽其他護士形容過袁太太，聽說長相清秀，看起來斯斯文文的，就是一副良家婦女的樣子。

「呵。」立珊嘴角難掩喜悅。

就憑剛剛袁醫生在她身上的表現，立珊幾乎可以百分百確定，袁醫生和太太的床笫生活恐怕一點也不和諧。天時地利，現在，連人和也具備了。雖然袁醫生故作冷漠，把她趕回休息室去，但是立珊很清楚，男人嘛，一旦嚐到了甜頭，是不會輕易放手的。

現在才開始。想要把元配踢走並不是件容易的事，但卻是値得孤注一擲的投資，只要贏了，立珊就能夠成爲醫生夫人，過著茶來伸手，飯來張口的好日子。她再也不用回到狹小老舊的租屋處，她也不用再斤斤計較每分錢該怎麼花用了。

人不爲己，天誅地滅。

立珊是這麼相信的。

「什麼叫情，什麼叫意……」

忽然間，一陣幽幽的女子聲音毫無預警地出現。立珊登時被嚇了一跳，她停下腳步，四處張望著。歌聲停了，四周寂靜如常。

六樓到八樓全都是病房，因爲住院病人並不多，所以八樓的病房全都空著。立珊看了眼電梯，電梯的樓層鍵正往上移動著。走廊裡只有立珊一人。這時，天花板的日光燈再度閃爍起來，立珊輕哼了一聲，繼續往走廊另一頭移動。

稍微有經驗的護士都知道，世界上本來就有很多事無法用科學解釋。醫院的官方說法當然是不鼓勵迷信，但大家都知道，在地下室的太平間角落，總有人默默地在那裡點上一炷香。

其中也有十分鐵齒的人，好比說立珊就是。有時要拜拜，立珊總是跑得遠遠，她才不信邪。不過，今天晚上立珊的勇氣和膽量大概是因爲剛剛的激情遊戲而消耗殆盡，此刻的她覺得有些心神不寧。

「也許，只是我想太多了。」

閃爍的日光燈讓走廊忽明忽暗，立珊不由得加快腳步，她微微冒汗，緊身的白色制服在腋下透出微濕的痕跡。

□

袁伯恩從來沒有像此時此刻這樣忐忑不安，雖然在回家前已經檢查了一次又一次，但他仍無法確定身上的服飾是否毫無破綻。畢竟，他不是專業的偷情高手，他也從來沒有劈腿的經驗。手上的鑰匙冰涼，金屬觸感讓伯恩不禁反射性地用力一握。

這時，大門無聲無息地開了，敏怡就靜靜地站在門後。伯恩被悄無聲息的敏怡嚇了一跳，鑰匙跌落在地，發出輕脆的哐噹聲。

「這麼晚還沒睡？」伯恩深吸一口氣，撿起鑰匙，努力掩飾自己的焦慮和緊張。

「下午喝了咖啡，所以一直睡不著。」敏怡微笑地接過伯恩的公事包，「今天好像特別晚。」

「嗯，藥廠的業務員請我去星巴克喝咖啡，聊得太久，忘了時間。」很好，先是偷情，接下來就是說謊。伯恩覺得自己眞是愈活愈墮落。

「肚子餓嗎？要不要吃宵夜？」

「不用了，很累，我要洗澡睡覺。」伯恩幾乎不敢正視敏怡的臉，他眼光四處梭巡，看看這裡看看那裡，無法安定下來。

「老公。」

「啊？怎麼了？」

「佳佳學校的家長會，我還是自己去好了。」敏怡淡淡地說，「反正也沒什麼特別重要的事。」

伯恩壓根兒忘了這檔事，他勉強擠出一絲微笑，「我知道了。」

看著丈夫走進房裡，敏怡並沒跟著進房。她走到客廳，在沙發上坐下，手心不自覺地輕撫著沙發高級的皮質。主臥室的房門沒關上，浴室裡嘩啦啦的水聲鑽進敏怡的耳朵，她的指甲開始用力，在皮沙發上劃下一道道明顯的抓痕。

不知道從什麼時候開始，窗外下起雨。雨水打在陽台的盆栽上，發出微弱的淅瀝聲。浴室水聲停下，光憑聲音，敏怡就能清楚知道丈夫正把髒衣服丟進洗衣籃裡，然後很快地躺上床，拉好被子。

突然間，敏怡想起媽媽的聲音。她忽然想起媽媽在下著大雨的夜裡和爸爸吵架的模樣，即使過了這麼多年，即使敏怡已經成爲別人的妻子，別人的母親，但她仍然沒辦法忘記那尖銳的咆哮、嘶吼與哭泣。

只要在下著大雨的夜裡，敏怡便總是不由自主地想起媽媽。她緩緩閉上眼，不行，她在心裡默默想著，她不要和媽媽一樣痛苦，她要過得幸福快樂才可以。沒錯，任何人都不能破壞敏怡的幸福，而且，她還得要守護女兒，她的心肝寶貝佳佳，是呀，絕不允許別人破壞這一切。

□

佳佳很乖巧地坐在書桌前，一動也不動。她長得十分可愛，和敏怡一樣留著又直又長的黑髮，眼睛大大的，看起來就像一尊娃娃。敏怡站在佳佳的身後，她輕輕地托住佳佳的長髮，用梳子仔細梳順。

「好了。」敏怡把佳佳的長髮梳理得十分整齊，用粉紅色的小夾子夾成公主頭。敏怡滿意地左看右看，「我們佳佳眞是個小天使。」

佳佳並沒有任何反應。

若不是她偶爾會反射性地眨眨眼，

她看起來宛如假人。

第二章・家長會

已經連續好幾天，立珊都刻意不跟伯恩說話。偶爾有公務要談時，她也盡可能保持冷若冰霜的態度。一開始袁醫生似乎眞的毫不在意，但是過沒兩天，袁醫生看她的眼神已經有所改變。

時機還不到。立珊咬著鉛筆，腦海裡飛快打著算盤。這招「欲擒故縱」必須拿捏得極好。她知道袁醫生優柔寡斷，在他確實掉進陷阱之前，立珊不能給他任何壓力，免得他退避三舍，拒不見面。

立珊這時的戰略是要讓袁醫生感到安全。讓袁醫生了解，上次在病房裡香豔刺激的偷情並不會帶來任何後遺症，而立珊也是個不多話的女人，只要讓袁醫生解除心防之後，他一定會忍不住主動來找自己的。

立珊看看牆上時鐘，醫師休息室裡應該只剩袁醫生一人，她從座位上站起來，走到檔案櫃前拿了好幾份內容特別複雜的檢驗報告，向醫師休息室走去。

果然，休息室裡只有袁醫生一人。他看見立珊站在門口，臉上先是一陣吃驚，接著泛起一股刻意做作的僵硬。立珊朝他一笑，然後反手把門關上，彈簧鎖發出了輕微的「喀噠」聲。

□

家長會這天陽光明媚，校園裡孩子的笑聲並沒有對敏怡的心情產生什麼影響。由於佳佳的問題比較特別，敏怡並不想在其他家長面前和老師討論，於是等到家長會完全結束，其他家長都離開之後，敏怡和佳佳的老師才正式開始談話。

「袁太太，佳佳這學期的功課沒什麼問題，課業成績十分優秀。」佳佳的級任導師說道，「不過，她還是從來不和任何人說話。在分組時很多同學都不願意和她一組。」

敏怡嘆了口氣，點點頭，「佳佳在家裡也……也幾乎沒講過任何話。」

「之前的語言能力檢查結果出來了嗎？」

「嗯，結果出來了。佳佳應該是心理因素造成的語言障礙。」說到這裡，一陣劇痛突然直襲敏怡頭部，她眉頭緊皺了一下，輕輕地甩了甩頭。

「袁太太？妳怎麼了？」

敏怡搖搖手，「我沒什麼，只是，頭有點痛。」

「您要不要先回去休息？我們下次再談也可以。」

「沒關係，」疼痛好像幻影似的突然又消失了，敏怡調整了一下坐姿，說道：「對了，我們剛剛談到佳佳的語言障礙。」

「是的。您剛說，醫生認爲佳佳的語言障礙是心理性的……請恕我冒昧，佳佳之前是不是受了什麼刺激，才會變成這樣？」

「刺激——沒有，當然沒有什麼刺激！」宛若有人拿著電鑽在敏怡的頭頂鑽孔一般，劇痛再度來襲，敏怡這次從椅上彈跳起來，「對不起，我不太舒服，我要先走了，下次再談吧。」

「喔，好……」

敏怡渾身上下不停地冒冷汗，她衝到停車場後，顫抖的手卻讓她一直握不穩車鑰匙。好不容易坐上駕駛座，敏怡才注意到右手中指和無名指的指甲在剛剛不小心折斷了。指甲翻起，有一小截陷入肉中。

刺激？！佳佳受了刺激才會變成這樣——

怎麼可能？哪來的刺激……

忽然間，停車場裡的照明開始閃爍。

敏怡瞇著眼，她忽然想起了一個人。

佳佳很小很小的時候，敏怡的表妹書雲曾經到家中借住過好一段日子，後來，她在敏怡家中自殺了。書雲撕開長長的窗簾，綁好後套住脖子，從三樓陽台往下跳。

那天清晨，敏怡被砰砰砰的聲音吵醒，她拉開落地窗的窗簾一看，從屋頂垂下一雙赤裸但骯髒的腳，隨風搖擺著，不時敲擊著落地窗，發出砰砰砰的聲音。敏怡一直呆呆看著書雲赤裸的腳，直到佳佳走到她背後，輕輕呼喚她：「媽媽？」

刺激……是從那時開始的嗎？

佳佳的情況是從那時開始惡化的嗎？

敏怡把因指甲折斷而疼痛溢血的手指放進嘴裡，雙唇發出怪異的吸吮聲。

□

伯恩手上提著高級的比利時黑松露巧克力蛋糕，他在回家途中不知練習了多少次自然的微笑，希望自己的練習沒有白費。第一次犯錯，可能是無心的；但第二次——

彷彿早就知道他什麼時候會到家似的，在伯恩想要掏出鑰匙時，大門再度無聲息地開啓。敏怡依舊安安靜靜地站在門後，帶著微笑。

「你回來了。」

「嗯，我回來了。」伯恩把蛋糕交給敏怡，「同事送的，聽說很好吃。」

沒辦法。無論再怎麼練習，他還是沒辦法正視敏怡的雙眼。在脫下大衣的同時，伯恩注意到敏怡右手指尖纏上了紗布。

「妳的手怎麼了？」

「喔，沒什麼，切菜時切傷了。」

說謊。

敏怡明明是用右手拿刀，

怎麼可能切傷右手。

伯恩想拆穿，

但下一秒便隨即忍住。

同樣是說謊的人嘛，畢竟。

「我來切蛋糕，你去洗洗手，換衣服吧。」敏怡很珍惜似地把蛋糕捧進廚房。

「佳佳呢？」

「有點感冒，吃藥後先睡了。」敏怡右手不太靈活，她費了一點力氣才拆開蛋糕盒子。「老公——」

「嗯？怎麼了？」

「你記不記得，我的表妹書雲。」

「……」一陣沉默後，伯恩答道：「人都死了那麼久，提她幹嘛？」

「我還記得，警察走了之後，你問我的那句話。」

「都過去了，敏怡。」伯恩走進廚房，拉開一張椅子坐下，「妳今天到底怎麼了？」

「我今天很好，沒什麼。」

「佳佳的家長會是今天？」

「嗯。」

「去參加家長會的時候發生了什麼事嗎？」

「沒什麼。」

「沒什麼？沒什麼的話，右手爲什麼會受傷？」

「你說這個？指甲折斷而已。」

「妳剛剛不是說是切菜受傷的嗎？」

敏怡停下了一切動作，「佳佳的語言障礙……我在想，是不是因爲看到書雲自殺的樣子，所以受了刺激……」

「妳說什麼？」伯恩呆了呆，「書雲自殺的樣子……佳佳看到了？」

「對不起，我一直沒跟你說。」敏怡轉過身，她搓著手，「那個晚上你在高雄參加研討會，佳佳到我們房間，跟我一起睡，所以第二天早上我拉開窗簾的時候……佳佳……也看到了。」

「爲什麼？！妳爲什麼從來沒跟我說過這件事？」伯恩激動地站起身，「這麼說來，佳佳的語言障礙和自閉症根本就是因爲這個原因！天哪，我竟然什麼都不知道——」

「你當然不知道……對你而言，佳佳根本就是個累贅。」敏怡在說話時十分平靜，她轉過身，繼續剛剛的動作，把蛋糕擺放在漂亮的英國瓷盤上。

「羅敏怡，妳剛剛說什麼？」

「老公……也許佳佳一開始是因爲書雲的死而受到刺激，但是她的治療之所以一直沒有效果，我認爲你的責任最大。在確認佳佳的自閉症時，我永遠都記得你的表情。你好像在看一個——一個擺在你高級床單上的骯髒娃娃，好像在看一隻闖入你美好花園的流浪狗。」敏怡把蛋糕端到桌上，展露出十分甜美的微笑，「難道不是嗎？」

「妳——」伯恩揚起手。

但他沒有機會打下去。敏怡從洋裝口袋裡掏出一條領帶，扔在桌上。「我一直相信你，可是——你太令我失望了。」

「什麼？失望什麼？」

伯恩微顫，他死死盯著桌上那條領帶，是那天，他第一次把立珊壓倒在病床上時——該死的——

「下次，記得讓領帶離指甲油遠一點；或者，買一瓶速乾的給她。」

□

夜裡，立珊被簡訊鈴聲吵醒。

是袁醫生傳來的簡訊。

——明天晚上有空嗎？

終於，咬住魚餌了，

立珊馬上回覆了簡訊：

——十一點，八樓休息室。

不過袁醫生有更好的想法：

——十一點，我家。

立珊看著手機，吃吃笑著。

男人哪，都一樣，妻不如妾，妾不如偷。

□

敏怡的腳步十分沉重，她一面走向佳佳的房間，一面試圖整理好自己的心情。該怎麼對佳佳說呢？還是，佳佳也許就像當年的自己，早就察覺了這一切，只是躲著不願出聲。胃翻騰著，敏怡忍不住一手扶著牆，慢慢地蹲了下來。

不能哭，

哭了就輸了。

□

「佳佳，現在我們要去的地方，是媽媽的外婆家。」敏怡一面調整著後照鏡，一面對後座的佳佳說道，「爸爸最近很忙，沒時間照顧我們，所以我們去媽媽的外婆家住一陣子……嗯，外曾祖母，沒錯，外曾祖母家。那裡很漂亮，是一棟很大很漂亮的別墅……」

不知何時開始下雨，傾盆而下的大雨讓擋風玻璃前的雨刷毫無作用。但是敏怡此刻的心情已輕鬆不少。做出了決定之後，人變得輕鬆很多。有時候，長痛不如短痛。

在十字路口等紅燈時，伯恩流著眼淚求饒的樣子忽然佔據了敏怡的心。天哪，她彷彿把伯恩的臉和十幾年前爸爸的臉重疊在一起——詛咒，對吧？這個家族的女兒永遠無法得到幸福的婚姻，對吧？

「不應該不聽話。」淚水，跌出敏怡的眼眶。

她想起執意要嫁給袁伯恩時，外婆極力反對的表情。外婆穿著棉質旗袍和刺繡披肩，總是坐在老家房間一角的安樂椅上，在黃昏時凝神望著窗外。

「妳眞的要嫁給那個醫生？」外婆冷冷地問。

「是，外婆。」

「我要妳知道，那個傢伙不是好人。」外婆的舌尖不停舔著薄薄扁扁的嘴唇，「他跟妳爸一個樣！我就是知道，他是個負心的騙子。」

「不會的，外婆，伯恩很喜歡我，對我很好。」

「不行！」

「外婆……」敏怡那時跪在外婆腳邊，痛哭著。

「妳怎麼就說不聽呢？！」外婆嘆氣，滿是皺紋的眼睛瞇得小小的，「不聽話，吃虧的遲早是妳自己……」

現在想起來，那番話確實實現了。

外婆沒騙人，她說得很對。

敏怡空出一隻手，把淚水抹去。

她早該醒醒了，

早在伯恩懷疑她殺了書雲時就該清醒！

「吱——」天哪！說時遲那時快，一輛銀色寶馬突然從路口衝了出來，敏怡本能地猛然扭轉方向盤，但是她仍感到車身被結結實實撞上了——

「佳佳、佳佳！」

母親的天性讓敏怡在一回過神後，首先跳下車拉開後座的車門，幸好佳佳看起來沒受傷。敏怡不顧全身被淋得濕透，緊緊抱住佳佳。

「小姐！對不起！妳沒事吧！」一名男子撐著傘走近敏怡，「妳還好嗎？」

直到那男子問了好幾次「妳還好嗎？」後，敏怡才意識到有人走近她。她抬眼看了眼那男人，無力地搖搖頭，放開了佳佳。佳佳倒看不出來受過驚嚇，她拍了拍身上被敏怡沾濕的雨水，往車裡挪了挪，手裡緊抱著一只棉布縫製的大白兔。

「小姐，妳看起來好像受了很大的驚嚇，對不起，我送妳去醫院好了。」

「不……」敏怡用手抹了抹雙眼，但隨即又被雨水模糊視線，「我沒事。」

「我打個電話報警，請他們——」

「不！不要報警。」敏怡看了車身一眼，自己的車出現了個大凹痕，男人的左側頭燈則是全碎。「——你要多少錢？」

「什麼？」撐著傘的男人皺著眉，「……我不要錢。小姐，我看還是先報警好了。」

「我說不要報警！」敏怡狠狠地瞪了男人一眼，想關上已經完全變形的後座車門，但車門顯然已經沒辦法再關上。

「小姐……」

敏怡沒理會那男人，她只是用力想把車門關上。

「小姐！喂，妳怎麼搞的？妳的車被撞成這樣，不能再開了！」

就在這一刻，車門勉強卡住了，總算能關上。敏怡哼了一聲，「是你說不用我賠錢的！」

「喂，喂！小姐妳——」

敏怡沒吭聲，急忙回到駕駛座，重新發動車。那名男人不知道還想幹嘛，竟然又走向駕駛座前。敏怡心裡蒙上一股恐懼，耳裡一聽到重新發動的引擎聲，便不顧一切踩下了油門，往前直直衝去。

第三章・外婆家

大門一開，一股微悶的空氣撲面而來。也許是因爲下雨的關係，屋子裡有些潮濕，讓人感覺不太舒服。

電燈開關發出微弱的聲響，過了大約十幾秒鐘，黃色的燈光亮起。沒變，和十年前一樣，沒變。客廳的擺設仍然和當年離開時一模一樣，深褐色的皮沙發和陳舊的茶色電視櫃，木質拼花地板和米色的檯燈燈罩看起來年代久遠。

敏怡呼了口氣，

這就是回家的感覺。

沒錯，外婆一定還等著她。

「佳佳，妳先去沙發那邊坐，媽媽到樓上去看看。」敏怡下意識地攏攏凌亂的髮絲，把身上的雨水仔細地抖乾淨後，慢慢走向通往二樓、三樓的楓木樓梯。

木頭發出吱嘎的刺耳聲音。

一步，兩步，三步……

敏怡還記得外婆的房間就在二樓走廊的盡頭，那扇沉重結實的木門之後。外婆房裡的牆壁貼著淺藍綠底色，襯著小碎花圖案的壁紙。少見，但卻十分好看。敏怡點亮了走廊的燈，她注意到天花板和踢腳板、柱子角落的壁紙都已斑駁發黃。這麼多年來，外婆一個人住在這裡，恐怕年老的她也無心力維護了吧？

敏怡的指尖輕輕搭上銅製門把。

「……我回來了。」

□

敏怡帶著佳佳離開的那個夜裡，雨下得非常非常大，天空響著雷聲，狂妄的大雨好像要把台北市淹沒似的。

從外婆房間出來後，敏怡把二樓的客房稍微收拾了一下，鋪上新的床單，要佳佳快點上床睡覺。等佳佳睡著後，敏怡走到一樓，打開那扇通往車庫和地下室的門。

車庫的地板是沒有鋪設磁磚的深灰色水泥地。原本乾燥，長年無人使用的車庫在敏怡停車之後顯得有幾分潮濕。車上的雨水滴滴答答地落下，使得不甚平坦的地面形成淺淺的小水窪。

行李廂後尤其嚴重。受到撞擊後，行李廂的上蓋扭曲變形，敏怡費了好一番功夫，才用鐵撬撬開。行李廂中像個小型泳池似的，雨水加上從伯恩身上流出的血，混合在一起，血的腥味和發酸的雨——令敏怡不禁皺眉。

敏怡並沒有立刻動手移動伯恩。她用布把伯恩臉上的血污擦乾淨，然後靜靜地看著伯恩的臉。

「敏怡，妳在幹什麼？拿刀做什麼？不，敏怡，快把刀放下，妳瘋了！妳瘋了，敏怡——」

第一刀時，伯恩還想逃，等到他發現自己的手指齊根而斷時，伯恩便發狂似地哭叫起來，他瘋狂慘叫，道歉，但一點作用都沒有。敏怡好恨，爲什麼被外婆說對了，爲什麼袁伯恩是負心漢？敏怡在此時好想念媽媽，媽媽跟她一樣可憐，一樣。

「伯恩，我一直以爲我們很相愛。」敏怡低低地說著，「但，顯然我還不夠了解你，伯恩，我很難過，你知道嗎？當你用身體壓住別的女人時，你有想到我和佳佳嗎？沒有吧，我想應該是沒有。伯恩，伯恩，沒關係，我不會強留住你的。」

敏怡伸手進行李廂，緊緊抓住綁在伯恩身上的尼龍繩，用力把他上半身拖出車外。接著再換個方向，把腳也抬出來。磅一聲悶響，袁伯恩的屍體就這麼倒在地上。敏怡從車庫裡找出一張小板凳，拿出預先準備好的切肉刀和一大綑尼龍繩。敏怡替丈夫脫去所有衣服，身上致命的傷口清晰可見。

「……這算不算狠，我撫心自問……無人想變得那麼殘忍……如果見你離開我，日子更快樂的過，我會傷得更深……餘生也不甘心……」敏怡輕輕唱著歌，那是一首失戀女子的悲歌。敏怡挺喜歡這首歌的歌名：〈你沒有好結果〉。

花了很久的時間，敏怡才把伯恩牢牢綁好，伯恩現在全身上下被白色的尼龍繩緊緊纏住，繩子深陷肉中，使得吋吋肌肉被擠壓得高高凸起。

「……將當天那自卑感，當天那無依感，都雙倍回贈你……來讓你清楚，我當初嘗到的折磨……也親身試清楚，如凡事亦有因果……」

敏怡此刻的臉上浮現出滿足的笑容，哼著那首〈你沒有好結果〉。她將伯恩的右手拉向自己，用指尖按著因繩索綑綁而鼓脹的肌肉，然後用切肉刀將凸出的肉一一割下。

古代，女人常常罵偷腥的老公：「殺千刀的。」敏怡的心情和那些潑婦也相去不遠，所以即使伯恩已經斷了氣，她仍需要發洩內心的恨意。

「是呀，殺千刀的。現在就讓你感受到一下，什麼叫千刀萬剮。」

□

佳佳昨晚並沒有睡好。當然不僅僅只因爲換了陌生的環境，最主要的，是因爲爸爸媽媽大吵一架。媽媽還是那麼神經質，爸爸也還是那麼反應遲鈍，結果——

佳佳呆呆地坐在床邊，雙腳晃呀晃的。

這時，房門突然被打開了。敏怡神色疲憊，但心情看起來卻不錯，她向佳佳笑了笑，走至佳佳身邊坐了下來。

「佳佳，媽媽下午就去幫妳辦轉學。晚上媽媽有個很重要的約會，妳乖乖待在家裡，知道嗎？」

佳佳順從地點點頭。

她很清楚媽媽最討厭不聽話的孩子，

當然，也包括不聽話的爸爸。

□

立珊特地休了假。今晚是第一次到袁醫生家裡，再怎麼蠢的女人也能預測到晚上會發生些什麼事。所以，立珊特別休假到SPA會館去護膚，保養全身，爲的就是今晚要好好討袁醫生歡心。

才相好過兩次，袁醫生就迫不及待邀她到家裡，看來這尾大魚比想像中還好釣呢，呵呵。立珊對著鏡子，不停調整著內衣，想讓自己看起來更加豐滿。所謂的陷阱，是需要好好僞裝的。

花了整個下午，立珊才挑了件黑白相間的高雅洋裝。她不穿便宜的路邊攤貨，也不喜歡假的首飾，對於自己的身價，立珊相當注意。她始終深信，想要嫁給有錢人，那麼自己首先就得表現得能融入他們的圈子裡。物以類聚，這是常識。

「什麼叫癡，什麼叫迷，簡直是男的女的在做戲！」立珊一邊哼著歌，一邊套上鞋子。她看了眼牆上的鐘，盤算著路程。她不想準時到，那樣顯得自己迫不及待，應該要稍微遲到一下，五分鐘到十分鐘左右。有時候，等待能夠成爲另一種特別的催情劑。

計程車在袁醫生家門前停下。砰一聲關上車門後，立珊站在原地看了一會。這是棟美麗的房子，就像每個小女孩曾經幻想過的那種，想要住在這樣的洋房裡，有一位專情英俊的丈夫，有對可愛的兒女，有一座美麗的小花園，也許還養了一頭忠犬或者一隻小花貓……

但，這裡的女主人並不是立珊，

或者說，這裡的女主人還不是立珊。

沒關係的，立珊安慰自己，

她的童年夢想很快就會實現，

很快，也許快得連她自己都想像不到呢。

立珊以優雅的姿勢按了一下門鈴，她似乎聽到屋裡正放著音樂。呵，眞是浪漫，沒想到袁醫生是這麼有情調的人。立珊嘴角勾起笑，她再次肯定了自己的眼光。

大門無聲無息地開了，

立珊的淺笑在同一時間也完全僵住。

「李小姐，妳遲到了。」一名身材與立珊相仿，但未施脂粉的長髮女子站在門後。

立珊不是笨蛋，她馬上察覺到現在的情況，這個女人——是袁醫生的妻子。

立珊深呼吸，「袁醫生不在嗎？」

「在，進來再說吧。」

立珊強自鎮靜，她昂首走進屋內，顧盼之間刻意流露出一股強勢的高傲。她用眼角餘光注視著應該是袁太太的女子——白白淨淨的，沒有任何特徵的女人，看起來甚至連一點個性都沒有。

袁太太領立珊到客廳，「請坐，我去倒杯茶給妳。」

立珊老實不客氣地坐下，又問了一次，「袁醫生呢？他請我過來，但是自己卻不現身，這很奇怪。那個……妳是袁太太吧？」

「我們好像年齡差不多，別叫我袁太太，叫我的名字，敏怡。」她拋下一個平淡的笑容，走開了。

立珊要自己鎮靜下來，也許這會演變成談判場合也說不定。看樣子，袁醫生搞不好已經向太太下跪求饒了，袁太太才會這麼氣定神閒地招呼她。那麼，既然抓不住袁醫生的心，至少得要到錢——立珊挑挑眉，她心裡已經有個底了。

不一會兒，袁太太用托盤端來了銀製茶杯和茶壺。立珊看了就討厭，眼前這女人一臉平靜的樣子，好像早就想好什麼招數要來對付自己。

「這紅茶味道不錯。」袁太太自顧自地倒好兩杯茶，「妳要哪一杯？」

「我要沒下毒的那杯。」立珊嘴角上揚，她可不能一開始就輸。

「呵呵，李小姐眞會說笑。」袁太太很舒服似地往沙發上靠著，「——我都知道了。」

「所以呢？」

「所以想和妳好好談談。」

「妳跟我有什麼好談的？叫袁伯恩出來，別像個縮頭烏龜。」立珊哼了哼。

「李小姐，妳愛他嗎？」

「如果我說我愛他，妳會把他讓給我嗎？」

「會。」

立珊倒沒想到袁太太竟然這麼說，她試著從袁太太的表情找出一絲破綻，但卻什麼也看不出來。

「……我不喜歡緊抓著已經不屬於我的東西，」袁太太淺呷了口茶，悠然一笑，說道：「但是，離婚的事並沒有那麼容易，所以我需要妳協助我……也算是協助妳自己……」

立珊板著臉，「妳是在說笑吧？」

「拿這種事情說笑？我沒這麼會演戲。妳反正不就是想要這個男人嗎？我無所謂，我可以成全妳和他。」

立珊沉默良久，半晌才開口，「妳要什麼條件？」

「很簡單，我要你們一起死。」

立珊瞪大眼，「什麼？」

就在如此猝不及防的情況下，眼前這個女人拿出一瓶噴劑朝著立珊的臉噴了兩下。立珊搖搖晃晃從沙發上站起，但是卻已經無法控制自己，雙腿發軟，就這麼軟倒在地。

「放心，紅茶沒下毒，如果毒死妳那就不好玩了，賤貨。」

□

「傷了的女人，別走這樣近……被人拋棄的女人，殘忍……」敏怡用尼龍繩將立珊的身體緊緊綁在椅子上，一面綁，一面哼著歌。「全都怪你離開我……臨走也繼續傷我，見我粉身碎骨還點上‧一‧把‧火……可以死了心，但忍不住恨……」

立珊長長的睫毛眨了眨，緩緩睜開雙眼——當立珊意識到這一切時，她不禁拚命地掙扎，椅子被她瘋狂搖晃著，吱吱作響！

「放開我！瘋子！快點放開我！」冷汗從立珊白皙的額頭冒出，沿著臉龐滴下。

「這麼快就醒了，很好，省了我不少時間。」敏怡拉了張椅子，在立珊身邊坐下，臉上還是那樣無邪地微笑，「我想了很久，終於想通了。我，一定會成全妳和伯恩的。但是，就這樣放手，我真的很不甘願。我得發洩一下。好，大致上就是這樣。」

「妳、妳要幹什麼？不要，求求妳，求求妳放了我！我保證以後再也不會出現在妳和袁醫生面前！求求妳！都是我不好，我道歉！我是下三濫的賤貨，我是妓女，求求妳——」

立珊的淚水如泉水湧出，她看著敏怡拎著家庭用的工具箱，恐懼如同利刃般絞割著她的心。

「……對不起都是我的錯！放開我，求求妳！」立珊哭喊著，「救命！快來人！誰來救救我？！」

「妳如果再大聲鬼叫，我就用這個戳瞎妳。」敏怡亮了亮手上的長鐵釘。

立珊果然瞬間安靜下來，

不再大聲求救，

但哭聲卻怎麼樣都停不住。

敏怡把工具箱放在桌上後，似乎想起了什麼重要的事。她轉身走向客廳，從CD架上找出一片CD，放進擴大機中。隨著音樂響起，敏怡的表情也愈來愈溫柔。果然，還是得要莫札特的安魂曲。敏怡靜靜沉醉著，此刻，她彷彿回到了過去，回到了媽媽的身邊。這是媽媽最喜歡的古典樂，媽媽說，這是她的主題曲，莫札特，安魂曲。

第四章·成全

立珊不停顫抖著，她想要從椅子上掙脫，但是尼龍繩實在綁得太緊，她根本動彈不得！

敏怡耳裡聽到立珊拚命試著逃脫的聲音，她臉上終於顯露出一絲絲不耐煩。這個壞女人還眞是懂得怎麼破壞別人的心情啊，這樣怎麼能當護士呢？一點都不冷靜。敏怡轉身，走回立珊身邊，立珊一看見敏怡，便不敢動了，汗水和淚水使她的妝全毀。

「不要……不要這樣，我已經說過我會自動消失，求求妳放過我！」

「已經破裂的家庭，是沒辦法補救的。」敏怡打開工具箱，拿出鐵鎚，她動了動肩膀，讓手臂靈活一點，「反正，我已經死心了。」

「妳、妳拿鐵鎚要做什麼？」

「當然是要好好發洩一下我內心的不滿。」敏怡轉身，走進廚房拿出一條抹布，還有曬衣夾，「開始囉。」

敏怡先用曬衣夾夾住立珊的鼻子，等立珊痛苦地張開嘴時，敏怡便將抹布塞進立珊口中，然後將廚房裡的砧板拖過來椅邊，將立珊的腳放在砧板上。

敏怡一向把家裡的環境打理得非常好，理所當然她並不希望餐廳被血弄髒。之前為了清理伯恩留下的血漬，敏怡已經累得不成人形了。

立珊渾身發顫，她做夢也沒想到如同恐怖電影般的情節竟然就這麼在她眼前發生，而且看起來，自己簡直就成了電影情節裡可憐無辜的受害者。立珊試著想閉起眼，但她隨即放棄；因為在雙眼闔起的那瞬間，各種如同地獄般的痛苦殘虐景象立刻攻佔了她的腦海，彷彿自己就是那些被鬼怪扯斷手腳的可憐靈魂之一。

「怎麼啦？妳那張漂亮的臉……」敏怡在椅邊蹲了下來，她仰起頭看著立珊，「什麼都還沒開始做，怎麼就那副表情呢？」

敏怡的手輕輕撫摸著立珊的腳，她拿起一把剪刀將絲襪剪開，立珊整個白皙的腳掌就這麼呈現在敏怡眼前。

「很漂亮的指甲油顏色。」敏怡讓立珊的腳踩在砧板上，「要開始了喔！」

「嗚！嗚呼呼呼嗚呼——」第一下，立珊疼得全身痙攣起來，疼痛直達腦門，她不由得放聲慘叫，但被塞了抹布在嘴裡的立珊只能發出嗚嗚嗚的聲音。

「痛嗎？我被老公背叛，心也很痛呢。」敏怡溫柔一笑，再度舉起鐵鎚，「別亂動，聽話！」

鐵鎚高高舉起，再度狠狠地擊在立珊的腳趾上。一下，又一下，立珊早已痛得昏過去，但敏怡並沒有停止，她耳裡來回著莫札特的安魂曲和微細的骨頭碎裂聲。立珊那搽著紅色指甲油的腳趾完全變形了，指甲從中裂開，血肉模糊。

「這樣就跑不了吧？呵呵。」

敏怡微笑著，滿意地看著立珊的雙足，駭人的傑作。敏怡把立珊放在原地，逕自離開了。過了大約五、六分鐘後，她拖著一只底部裝有輪子的木箱進入屋中。那只木箱很大，有點像收藏娃娃的盒子。

敏怡把木箱的上蓋打開，望了箱裡一眼後，她再度走進廚房，拿了剪刀把立珊身上的尼龍繩全都剪開。立珊馬上從椅上垂倒在地，敏怡從背後抱住立珊，將她半拖半抱地放進了木箱之中，把立珊的手反綁住，然後蓋回上蓋。敏怡又將尼龍繩從預先留好的孔洞中穿入，將上蓋牢牢固定住。只綁著尼龍繩並不夠，敏怡將早就準備好的鐵釘釘進木箱裡，將木箱完全封死。

這口木箱是很久之前跟傢俱店訂製的。原本打算將臥房內一座古老大型立燈包裝好收藏起來，不過沒想到今天卻提早派上用場。當初爲了防潮防蟲，在箱內鋪了特殊泡棉，現在看起來這似乎是個正確的決定。

敏怡確認木箱已經封死後，她開始著手收拾環境。對於這棟住了十年的房子，她多少有些依戀。因此，敏怡竭盡所能地將屋子整理乾淨，把一切都恢復原狀。雖然，最後是在這種情況下離開，但她還是挺喜歡這棟房子的。

□

火辣辣的疼痛不停地刺激著立珊，初清醒時她根本搞不清楚現在是怎麼一回事，彷彿只是一場驚悚的夢境。但是如潮浪襲來的椎心之痛讓立珊很快地恢復神志，她的十根腳趾全都不受控制——

立珊眼淚直流，她還記得鐵鎚第一次重擊腳趾時的痛楚和驚慌恐懼。不行，不能這樣下去——立珊驚恐地掙扎著，但她發現自己雖然雙腿獲得自由，但卻痛得無法動彈，而雙手則被牢牢反綁在背後，嘴裡的抹布臭味四溢——天哪，自己什麼都不能做——要冷靜，冷靜！

立珊閉上眼，不停地喘息著。好不容易她調勻呼吸，試著催眠自己忘記腳趾的劇痛，得先讓心情穩定下來，才有可能找出逃脫的方法。但是，四周一片漆黑，立珊試著挪動肩膀，但是卻碰觸到奇怪的觸感。她努力睜大眼，可是黑暗如此眞實，她什麼都看不見，只能靠著觸覺。

立珊的左肩碰觸到了木頭，整片的木頭，這觸感讓她未乾的眼淚再度奪眶而出，該死的瘋女人！竟然把她裝進了不知道是箱子，還是棺材之中！但是右肩的觸感就十分怪異，像是碰觸到軟爛的肉塊似的——立珊不禁打個冷顫，她想盡辦法扭轉身體，所幸木箱裡空間還夠，她終於讓身體往右側轉過；即使在翻身的過程差點因爲腳趾的疼痛再度陷入昏迷，但立珊還是做到了。

木箱的右側有點縫隙，非常微弱的光線從角落射了進來。立珊好不容易藉著光線看清楚正與她面對面的是什麼，她不禁發狂地大叫——

沒有用，可惜沒有用，再怎麼樣她也只能發出嗚嗚的聲音。

「很簡單，我要你們一起死。」敏怡那怪異的微笑和立珊眼前的恐懼不停互相交錯著，她的聲音在立珊耳邊時大時小地迴響。敏怡的話實現了，和立珊高挺的鼻尖相距不到一公分的，是伯恩的臉，一張鼻子被削掉，令人反胃作嘔的臉。

就在此時，立珊聽到了箱外有腳步聲，她拚命地想製造出聲音，讓對方注意到她。不過，對方顯然等她清醒等了很久。

「李小姐，我說過我會放手的，強留伯恩在我身邊，對大家都沒有好處。」敏怡的聲音清楚傳進立珊耳裡，敏怡續道：「妳是位專業的護士，應該知道屍體腐敗的過程是怎麼樣的。我相信陪伴著死去的情人屍體，是一種絕頂的浪漫，妳說是吧？」

敏怡說完，緩緩地離去。立珊在木箱裡死命地晃動著，但十分牢固的木箱還是紋風不動。不，不要，不要這樣，她不要跟具死屍關在一起，在這腥臭難忍的木箱裡，天哪，怎麼會……

立珊在掙扎時碰到了伯恩濕黏的身體，她可以感覺到有蟲正從伯恩的臉上鑽出，一尾一尾，油白色的蟲。

□

回到外婆家時，已經快天亮了。敏怡覺得全身像是踢完三場足球賽似的痠痛不已，但是心理方面卻異常輕鬆。好了，悲劇已經結束，新的人生才正要開始呢。

敏怡回到臥室裡，在臥室中的浴室裡褪下衣服，她原本就不胖，經過這兩天後，更顯消瘦了。鏡子裡的女人斯文清秀，看起來十分柔弱。敏怡對著鏡子苦笑，外表是會騙人的。

是呀，外表眞的會騙人。像伯恩那樣老實，不愛拈花惹草的男人，結果呢？膽量很大嘛，還敢在值班的醫院裡跟護士偷情。誰想得到呢？如果不是那天她心血來潮到醫院去——

算了，不是說要忘記了嗎？

還去想這些事幹嘛？

浴缸裡放滿熱水，敏怡將身體浸泡在熱水中，她極放鬆地閉上眼，享受著片刻的寧靜。浴室裡很安靜地，只有熱水嘩啦啦的流水聲。

一陣強烈的睡意向敏怡襲來，她用濕毛巾蓋住了臉，所以什麼也沒看到。敏怡沒看到在天花板的正上方緩緩垂下了黑色的長髮，還有一張蒼白的女人臉孔。

□

早晨的陽光射進屋內，敏怡感到一陣涼意，她猛然坐起身，臉上毛巾掉下，她這才發現自己竟然在浴缸裡睡著了。什麼嘛，水全變涼了。嗯？我睡著之前就把熱水關上了嗎？敏怡沒去想那麼多，她慶幸自己並沒有感冒，然後匆匆穿上浴袍，走出了浴室。

「喂，您好，我是骨科袁醫生的太太，是……是，您好，外子平常受您關照了，是，因爲他重感冒在家休息，所以我打電話來替他請假。是……不，其實也還好，他吃了藥，現在正在休息。嗯，是的，我想替他請三天病假。對呀，要是傳染給同事或者患者就不好了……好，好的。對了，如果醫院有事的話您可以打電話給我，爲了讓伯恩休息，我把家裡的電話關上了……是的，您有我的手機號碼吧？是，是，謝謝您，下次有機會我會去拜訪您的。再見。」

敏怡把手機和電話簿扔在床上，將還未來得及整理的皮箱打開，挑了件簡單的洋裝換上。時鐘指著八點，反正打算讓佳佳暫時在家裡休息，沒有時間壓力，輕鬆得很。

九點左右，敏怡做好了早餐，她端著托盤送到了外婆的房裡，把昨天的食物拿了出來。而佳佳則乖巧地坐在豪華的餐廳中，默默吃著早餐。

「今天媽媽有事要出門，妳一個人在家，要乖乖的喔。」敏怡對佳佳說道。

佳佳沒說話，雙眼注視著玻璃杯裡的牛奶，她的小手不知爲何顫抖著。

大約十點鐘左右，敏怡離開了外婆家。她到市區租了輛車，並開回社區，在超市裡買了不少食材，遇見了鄰居太太，和往常一樣行動。敏怡把車開回家裡，她的一舉一動看起來十分正常，就連隔壁太太也未曾起疑。在打開家門前，隔壁的太太忽然出現，叫住敏怡。

「咦，袁太太，這兩天怎麼沒見到袁醫生和佳佳呢？」隔壁太太問道。

敏怡爽朗地回答：「我先生到南部去參加醫學研討會了，佳佳感冒，請假沒去上學。妳看，我買了土雞要熬湯給佳佳喝。」

「這樣啊，有沒有去看醫生？」

「沒有耶，佳佳不肯去。反正在家多休息，很快就會沒事的。」

隔壁太太笑道：「唉呀，佳佳的爸爸自己不就是醫生嘛，看我，眞是太健忘了！喔，對了，袁太太，今天早上我一起床，就聞到奇怪的味道。」

「奇怪的味道？」

「嗯嗯，臭味，像是壞掉的垃圾！妳沒聞到嗎？」

「喔，好像是有。不過因爲佳佳不能吹風，所以我家窗戶全都關得緊緊的。」敏怡鎮定地回答，「也許是有小動物死在附近的花園裡。」

「說不定喔！啊，我好像聽到家裡電話響了，妳忙吧，改天再聊。」

待隔壁太太回家後，敏怡才用鑰匙打開大門。門一開，惡臭撲鼻而來。伯恩的屍體眞臭，酸腐的味道令人難以忍受。

「這也是沒辦法的事。」敏怡喃喃自語，走進家中，關上了大門。

放置在餐廳的大木箱底部滲出臭水，還夾雜著糞便屎尿的味道。大概是伯恩的屍水和那位美豔的李小姐失禁的排泄物吧。敏怡打開了廚房水龍頭，拿起拖把仔細地將又髒又噁心的液體清理乾淨，在靠近大箱子時，她隱約還聽到一絲絲聲響。

「垂死的掙扎，這種死法很特別吧？李小姐。」敏怡大口呼吸著惡臭污濁的空氣，她發笑，「哈，連屋子外頭都能聞到這股噁心臭味，被關在箱子裡的妳，不知道會有什麼感覺呢？屍體應該長蟲了吧……呵呵。」

敏怡一整天都忙著打掃家裡，她盡可能讓臭味減少一點，她忙著在空氣中噴灑芳香劑，甚至猶豫要不要把木箱上特別留來透氣的孔洞封死，但是敏怡畢竟沒這麼做，她不能讓這個賤貨死得太痛快，這種宛如活埋，讓那小賤人在極度恐懼中死去的殘酷方式是最完美不過的了。

第五章・吉屋出租

誠浩剛剛才調來附近的小學教書。他今年三十出頭，沒結婚，生活單純得近乎無趣。不過，因爲這次的調職，他多了一些事可以做。

他原來的住處距離任職學校太遠，單趟車程就需要近五十分鐘。於是誠浩做了一個很合理的決定：搬到學校附近。省時，省油錢，也省體力。雖然學校附近房價是高了點，但他只是單身一人，不需要太大的房子，一間套房，甚至一間雅房就足夠了。

這天，將之前朋友的名車撞壞的誠浩，騎著機車在學校附近亂晃，路過一家大賣場時，他注意到大賣場的停車場出口有塊看板，是租屋資訊欄。

誠浩順手撕下幾張套房出租的連絡電話，正當他掉轉車頭要離開時，險些和一輛剛開出停車場的灰色賓士迎面撞上。

賓士裡的駕駛是名女子，看起來很年輕，給人白淨柔弱的第一印象，她大概二十五、六歲，驚慌的眼神讓誠浩猛然一震。

誠浩下了車，敲敲那女子的車窗。

對方遲疑了好一會兒，才降下車窗。「有事嗎？」

「小姐，妳大概不記得我了，前兩天晚上我開車撞上了妳的車——不是現在這輛啦，另一輛，那時還有個小女生坐在後座——」

「……嗯，你是來要修車費的嗎？」

「並不是。」誠浩臉色一沉，「那天是我不對，我只是想向妳道歉。」

「……沒別的事，我可以走了嗎？」

「喂，小姐——」誠浩明顯感覺出這位小姐的敵意，他放棄地高舉雙手，「請便吧，再見。」

那位小姐沒吭聲，迅速地關上了車窗，彷彿受到了變態騷擾似地疾駛而去。誠浩望著灰色賓士的背影，總覺得那位小姐很特別，有一種十分吸引人的氣質。不過，看起來不太好惹呀。誠浩搔搔頭，笑了笑。

□

一整天，媽媽都不在，

不知道媽媽什麼時候才回來，

這棟大房子很……可怕，

總覺得角落裡藏著什麼恐怖的東西。

佳佳抱著從小就和她一起作伴的大白兔，瑟縮在客廳一角，將電視開得極大聲，不敢動彈。佳佳一直有種感覺，這屋子裡有人在看著她和媽媽。雖然不知道那個人是誰，又躲在哪裡，佳佳仍覺得很不舒服。

另外，一直躲在房間裡的外曾祖母也很奇怪，她幾乎什麼都不吃——早晚兩餐端去的食物，她一口都沒動過。不吃飯的外曾祖母好怪，不會肚子餓嗎？

這時，大門的門鎖開了，敏怡提著大包小包的日常用品站在門口。佳佳看了眼媽媽，她依舊窩在原地。眞怪，剛剛不是還希望媽媽早點回家嗎？怎麼現在一看到媽媽，佳佳反而更感覺不舒服呢？

如果還能像以前一樣就好了，

但那是不可能的。

敏怡回到家後開始在廚房忙東忙西，準備晚飯。正當敏怡在餐桌上擺好碗筷時，電話突然響了起來。

敏怡匆匆走至客廳，接起電話：「喂，你好。是，我是羅小姐。嗯，是有房間要出租，只有一間……不過，我優先考慮女性……是嗎？一直找不到房子嗎？嗯……請問您的職業是……喔！是老師呀，小學老師……這樣啊，那好吧，你過來看看吧。八點半？可以，你有地址吧？對，在斜坡上，很明顯，附近沒有別的房子了。」掛上電話後，敏怡對佳佳說道：「快去洗手，準備吃飯了。啊，對了——等一下會有客人來，要乖乖的，知道嗎？」

佳佳呆呆地盯著電視，好像什麼都沒聽到。

敏怡嘆了口氣，默默走回廚房。

佳佳的情況，都是自己造成的吧……敏怡心想，我是個壞媽媽，對吧？可是，我還能怎麼辦呢？到底能怎麼辦？也許有一天，連佳佳也會——敏怡猛然甩頭，把那突如其來的可怕想法自腦中甩開。

□

晚飯後，門鈴極準時地響起。

雖然本來打算把房間出租給女性，可是敏怡在當了整整十年的家庭主婦後，她沒辦法這麼快就適應獨立生活。少了佳佳的爸爸，敏怡感覺家裡就像少了可以遮風蔽雨的屋頂。矛盾！敏怡在心中暗罵自己，太矛盾了，怎麼會這麼想呢？可是——那種空虛的感覺卻是如此真實地存在著。

敏怡打開了大門，本來溢著微笑的臉，表情一變。「是你？」

站在門外的誠浩也呆了呆，但他隨即笑了出來，「妳是羅小姐嗎？我來看房子。」

敏怡默默地注視眼前這名男子，看起來並不像壞人。但，看起來不像，不代表一定不是。她向誠浩伸手，「請出示你的身分證件，還有你的教師證。」

誠浩沒猜錯，這位小姐果然不是好惹的。他掏出皮夾，將證件遞給敏怡。「我姓俞，俞誠浩。」

「上面有寫。」

「喔，對。我前陣子剛調來這邊的小學，通勤有點遠，所以想到這附近租個房子。」

敏怡把證件還給誠浩，但依舊沒有讓他進屋的打算，「我看到配偶欄是空白的，但我想請問你有女朋友……或者是男朋友嗎？」

「沒有，兩者都沒有。」

「那就好。因爲我不希望房客留朋友過夜。」敏怡終於移動腳步，「請進。」

□

去除掉誠浩和敏怡在雨夜裡的那場意外的話，敏怡發覺自己並不太討厭誠浩，至少，他看起來像是個正派的傢伙。那天晚上誠浩就簽了一年租約，付了兩個月的押金。

敏怡領著他走上二樓，指著外婆的房間。「這房間住著一位老人家，是我外婆。她很怕吵，也不常出門活動，請你別打擾她。這間是我的臥室，這間是我女兒的房間。」

誠浩意外，「妳女兒？那天在車上的女孩是妳女兒？」

「怎麼樣？有什麼疑問嗎？」

「妳看起來很年輕，我還以爲妳沒結婚呢。」

「我是單親媽媽。」

「妳女兒叫什麼名字？嗯，這麼說起來，她也應該讀我們學校。」

「她叫佳佳。我還沒辦轉學，她最近在家休息。」說著，敏怡步上了通往三樓的階梯，「要出租的房間在三樓。」

三樓的總面積較二樓小一點，只有兩間房和一塊作爲起居室，大約四坪左右的空間。要出租的房間是走廊底的套房，大約有八坪大小，還附有一間約兩坪大的全套衛浴。傢俱和佈置都很典雅，歐式古典風，牆紙是白底小碎花的圖樣，只是看起來裝潢和傢俱似乎都有些歷史，很久都沒人使用的樣子。

「這間房景觀很好，打開窗戶可以看見後面的庭院。」敏怡推開窗，讓空氣流通一點，「除了租約上註明的事項外，廚房和放在角落的小冰箱你可以使用，二樓的陽台上有一台新的洗衣機是你專用的。另外，請你特別記住，不要去地下室和車庫，這樣你了解嗎？」

誠浩點點頭，「……有沒有人說過，妳看起來很適合當老師？」

「沒有。爲什麼這麼說？」

「因爲妳解釋事情的時候很有條理。」

「你預計什麼時候搬過來？」

「大概星期六吧。」誠浩想了想，「星期六可以嗎？我東西不多，幾件衣服，幾箱書。」

「孑然一身？」

「沒錯，單身漢就是這麼輕鬆。」

「是啊，單身是輕鬆點。」敏怡口吻淡淡的，不置可否，轉身離開。

誠浩看著敏怡纖弱的背影，覺得自己對這個女人充滿了好感。該怎麼形容呢？她看起來彷彿瓊瑤小說裡的女主角，帶著一種哀愁，一種讓男人想保護她的魅力。

誠浩站在寬敞的房裡，忽然想起漢朝李延年要把妹妹推薦給武帝時，所作的那首歌：「北方有佳人，絕世而獨立，一顧傾人城，再顧傾人國，寧不知傾城與傾國，佳人難再得。」這位羅小姐，彷彿就像歌裡的那位佳人，遺世獨立。

不過，說到這位佳人——不知道羅小姐爲什麼單身呢？她是離婚，抑或守寡，還是——呃，從來就沒結過婚？誠浩想到這裡，不禁笑了出來。眞是，想太多了。想太多。

□

自從誠浩叔叔搬來家裡之後，佳佳覺得氣氛變得很不一樣。雖然誠浩叔叔是外人，但是他笑容滿面，很好相處。佳佳很明顯感覺到，媽媽一開始冷漠的態度，現在已經完全改變了。

誠浩叔叔是老師，小學老師。如果轉學到這個學區的話，也許能被分到他的班上。不過，佳佳有種預感，她似乎永遠也不可能再回到學校去了。她有點想念上學的感覺，但也有點討厭上學。

不能說話的佳佳，其實在學校裡沒有半個朋友。可是，一直待在家裡，佳佳只會愈來愈覺得媽媽好可怕。

媽媽不知道從哪裡提了很多臭掉爛掉的肉回來。白天誠浩叔叔不在家時，媽媽就會拿出一台從電視購物買來的生機調理機，就是廣告裡連石頭都能打成粉的那種強力機種。

媽媽總是在廚房把生機調理機插上電，然後把那些看起來很噁心，常常還帶著血的肉塊丟進調理機裡絞碎。那台調理機眞的很好用，有時候連骨頭也都弄碎了，電視上的姊姊沒騙人，眞的什麼都絞得碎。

那些絞好的肉，媽媽會把它們捏成丸子，然後丟進湯裡去煮，煮熟了之後，再放涼，第二天出門時再拿去附近餵可憐的流浪狗。

佳佳覺得這樣很麻煩，乾脆把狗都全帶回家裡，但是媽媽不那麼想，媽媽說過一陣子就不餵了。佳佳沒辦法理解，爲什麼過一陣子就不餵了，過一陣子就沒有流浪狗了嗎？佳佳還是不知道答案。

後來，佳佳稍微明白了。媽媽每天帶回來的肉愈來愈少，最後拿回家的看起來不是肉，而是內臟之類的東西。但是那台調理機眞的很棒，就連媽媽怎樣都很難切斷的腸子，調理機也統統都能絞個粉碎，實在太厲害了。

不過，佳佳還是不喜歡這棟房子。她總覺得這屋裡還有其他人在活動著。有一次，她整天都守在外曾祖母房門口，她很好奇外曾祖母到底在幹嘛。外曾祖母不好奇家裡發生了什麼事嗎？她也不想出來走走嗎？佳佳在外曾祖母房門前守了整整一天，但什麼都沒看到，什麼都沒聽到。就連一聲咳嗽，一聲嘆氣都沒有。死寂，眞眞實實的死寂。

如果不是外曾祖母，
那麼到底是誰在走動？
有時候，佳佳聽到牆壁裡有著奇怪的聲音。
好像在拉扯什麼似的，
一開始佳佳以為是錯覺，
但實際上，每到夜深人靜，
佳佳便覺得那聲音格外清晰……

□

小學的教務處差不多就是那樣，這裡也不例外：幾張辦公桌，在角落擺著一組十分老舊的木質會客桌椅組，沿著牆壁擺滿的鐵櫃，還有從天花板上垂下的電風扇。一名身材高壯，年約三十多歲的男子看見敏怡，便慌慌張張地從座位上站起。

「袁太太？」

「叫我羅小姐吧。」

「喔嗯。」男人伸出看起來汗膩的手，「我是教務主任陳致忠。妳好，請坐。」

「陳主任你好，我來辦我女兒的轉學手續。」

「是，在電話裡我們好像有談過。我記得妳說妳女兒——嗯，好像有點——」

敏怡坐直身體，「她幾乎不說話。簡單來說，那是一種語言障礙。」

陳主任很理解似地點點頭，「我們學校特教班的師資很不錯，老師有愛心，而且在教育評鑑上也有很好的表現。」

「陳主任，我想你誤解了。」敏怡說道，「如果只是要讓我女兒讀特教班的話，我何必專程來找你呢？」

「妳的意思是？」

「我女兒除了不說話之外，她跟其他的孩子沒兩樣，功課很好，美術體育音樂等等的科目也都不錯。我認爲她沒有必要進入特教班。」

「是，我了解。不過，我的立場很爲難，我也得考慮其他家長的心情。」

「其他家長跟我的孩子有什麼關係？只要級任導師能夠好好溝通就可以了。」

「羅小姐，話不是這麼說。如果把令千金放在一般班級裡，她又不說話，很容易被視爲異類，被其他同學欺負的。這樣不是無形中造成妳和對方家長的困擾嗎？」

「……之前，我女兒在原來的學校就沒有這種困擾，」敏怡說道，「我認爲只要過了適應期之後，就不會有問題了。」

這時，有人推開了教務處的門。

陳主任不得不起身。

「俞老師，有事嗎？」陳主任問道。

誠浩攤手，「其實——呃，有客人？羅小姐？」

陳主任會意過來，「你們認識？」

「羅小姐是我的房東。」誠浩笑了笑，「來辦佳佳的轉學手續嗎？羅小姐。」

敏怡起身，「本來是要辦的，可是，好像有點問題。」

誠浩看看敏怡，又看看陳主任，「問題？」

「對，問題。」敏怡淡然，看了陳主任一眼。

不知道是熱還是煩躁，陳主任從口袋裡掏出手帕，拭了拭前額的汗。「羅小姐請坐，關於令千金的事，我們還可以再談談。俞老師，你也坐。」

誠浩看著敏怡，「我可以——」

「請坐吧。」敏怡答道。

第六章・深夜的醫院

古話說，「朝中有人好做官」。這句話的意思是，如果在朝廷裡有同志的話，可以裡應外合，這樣做起官來會好得多，仕途也會平順得多。後來，這句話引申成：「不管辦什麼事，若有相關單位的人罩你，就會容易得多。」

佳佳的轉學手續差不多就是這樣。透過誠浩的保證和協調，敏怡所堅持的部分都獲得陳主任的同意。這省了不少麻煩，好比說找議員威逼校方之類的。

在學期中轉學的例子很少，但不是沒有。處理完一些文件手續之後，下星期一開始，佳佳就可以到學校來上課了。唯一美中不足的是，誠浩教的是六年級，佳佳要讀的是四年級，所以沒辦法分到誠浩班上。

不過誠浩推薦了另一位老師：藍子聰。藍子聰和誠浩是大學同學，也是不錯的朋友，反正藍子聰班上並未額滿，於是在用電話連絡了藍子聰後，也決定了佳佳的班級。

身爲母親，敏怡總算鬆了一口氣。這一次，她對誠浩重新打了分數。從及格的六十分，一下子躍升到七十分。當然，敏怡並沒有說出口。

回家的路上，敏怡主動開口：「我載你。」

很簡短的三個字，但誠浩卻高興得滿面笑容，「謝謝。」

一路上，誠浩主動聊起他的家庭背景。爸爸是老榮民，在他年紀很小時就過世了，讀高中時媽媽因爲交通意外而死，幸好他領到了一大筆補償金，在遠親的幫助下，誠浩順利地唸完大學。

本來以爲當完兵後可以跟大學時期的女朋友結婚，但是女方兵變了，很老套的情節，女孩子出社會後認識了職場上的男同事，然後發覺正在當兵的男朋友老土得很，於是就琵琶別抱。當誠浩說到這裡時，敏怡瞄了眼他的表情。

總之，當完兵後他成了一位小學老師，生活單純得不能再單純了。雖然偶爾也有未婚的女老師向他示好，但誠浩總是「沒那種感覺」，混著混著，也已經三十出頭了。

「……妳呢？」誠浩試探地問，「我不是有意冒犯，不過，我很好奇，佳佳的爸爸呢？」

「分手了。」敏怡倒是爽快地答道，「剛分手。他是個醫生，前陣子我發現他跟一個護士在一起。」

「喔……妳別太難過。」誠浩有點後悔問起這個問題。

敏怡注視著路況，淡淡地說道：「我已經難過完了。人生還這麼長，至少，我還有佳佳。」

「說得沒錯……難怪人家說，母親都是最堅強的。」

「我想我不夠堅強。」敏怡不自覺，輕輕嘆了口氣。

「不過，佳佳想要適應轉學後的環境，可能要好一段時間。」誠浩說道，「她有接受治療嗎？」

「哪種治療？」其實，敏怡是明知故問。

「語言障礙的治療。我記得我好像有一些兒童心理方面的書，妳有興趣嗎？」

「謝謝，不用了。」

說著說著，車開上了通往家的斜坡。

在車裡的兩人並沒有注意到，

有雙異常閃亮的眼睛，

從敏怡外婆房間的窗戶往外看，

注視著敏怡的車緩緩駛進大門。

□

這天晚上，敏怡一直睡得不安穩。前一陣子，忙著處理舊房子那裡的事，她幾乎每晚累得沾枕就睡；但是這幾天，敏怡一直覺得怎麼樣都睡不好。似乎雙眼一閉上，就會感到莫名其妙的壓力。

有人在看，

有人在看著她。

今天晚上很悶，敏怡推開了落地窗，但是依舊沒有一絲風。她呆呆地走向陽台，雙手扶在陽台欄杆上，她緊閉著雙眼。

忽然間，敏怡彷彿感覺到一雙手，蒼白如屍的女人雙手，指甲破裂的雙手繞著白色的布條，從自己的後方慢慢接近，慢慢地接近著。

敏怡知道那雙手想要做什麼。那雙手想要用白色的布條勒死自己，然後把自己像個木偶似的掛在陽台上。

「不！」敏怡猛然張開眼，本能地轉過身。

沒有人。

那只是想像。

敏怡忍不住蹲了下來，她緊緊地抱著雙臂。有人恨她，有人在恨她。她恨的人也怨恨她，這是公平的事。眞可悲，她愛的人不見得愛她，但她恨的人卻絕對恨她，原來愛公平不了，恨才可以。

敏怡不知道在陽台上蹲坐了多久，等她想起身時，發覺雙腿都已發麻。她搖搖晃晃地走回房間，然後走出了自己的房間，邁向外婆的房間。

藍底碎花的牆紙還是那麼可愛。敏怡按開電燈，外婆還是坐在那張搖椅上，臉朝著窗外。敏怡沒走進房，她站在房門口怔怔地看著外婆，心裡不停迴盪著在嫁給伯恩前，外婆傷心欲絕的神情。

她不敢相信自己所做的一切，

她就這麼傷害了背叛了扶養她長大的外婆。

「外婆，晚安。」

敏怡乖巧地輕聲道了晚安，關上燈後離開了。房門被關上時，發出老舊彈簧的響聲，這聲音如同一道指令似的，在黑暗中，外婆的搖椅開始輕輕前後搖動著，五斗櫃上原本停擺多年的鐘，現在又重新恢復走動……

□

誠浩睡不著。大概是早上咖啡喝多了，他放下手中的書，下了床，躡手躡腳地打開房門，走到一樓。廚房的燈亮著，誠浩很慶幸自己衣著還算整齊，他深吸口氣，推開了廚房的門。

「羅小姐？這麼晚還沒睡？」

坐在小桌子旁，手捧著咖啡的敏怡抬頭，「你不也沒睡？」

「是啊，睡不著。早上喝了太多咖啡，剛剛又看了恐怖小說，所以現在處於精神亢奮的狀態。」誠浩一邊說，一邊打開了自己的冰箱，拿出一罐啤酒。「我可以坐在這裡嗎？」

「當然可以。我說過，廚房是共用的。」

「是沒錯啦，可是，我怕妳不想見到我。」

敏怡淺笑，「雖然不是特別想要見你，但也不至於排斥。」

「那就好。」

□

電梯叮一聲開了門，停在八樓。今天是警衛小王第一次值夜班，他本不想到醫院裡工作，醫院這種陰氣超重的地方，光是用想的就覺得毛骨悚然！不過，原來工作的那家大廈整棟賣掉重建，爲了混口飯吃，沒什麼好挑剔的。

小王拿起手電筒，走出了電梯。現在景氣眞的差到了極點，窮人根本沒錢上醫院看病，所以啦，空病房也愈來愈多。好比說這家醫院也是，六樓到八樓都是病房，但根本就沒住滿。爲了節約能源，八樓整層都沒開放，全都集中到六樓去了。

不過，原本在這裡當保全的老鳥阿源，某次喝了幾杯後，倒有一番新說法：

「小王我告訴你，說什麼要節約能源，那根本都是屁！」

「怎麼說？」

「這事很邪，你別不信啊！我跟你說，八樓的一間病房裡，常常有個漂亮的護士在那裡晃來晃去。」

「那不是挺好的嗎？有正妹在！」

「正什麼妹？！」阿源狠狠敲了下小王的腦袋，「那個小護士前一陣子失蹤了，到現在都還沒找到人呢！有人說，八成是──那個──是她顯靈啦！」

小王當時聽了，只當阿源在胡說八道，醉言醉語。第二天等阿源酒醒上班，小王又提起這個話題，阿源只推說不知道。

不過，怎麼就在今天這個時候，小王偏偏想起了阿源所說的話。眞是。小王拿著手電筒，穿過了長長的走廊，廣大的八樓一片死寂，什麼聲音也沒有。小王再度安慰自己，那不過是胡說八道，對吧？

好不容易巡完整層八樓，小王正準備走回電梯，但是他發現前方的走廊不知道何時竟亮起燈。天花板上的白色日光燈看起來好像就快壞了，閃個不停，小王抬頭，覺得那光線有點刺眼，但他不知道電燈開關在哪，也沒辦法去把燈關了。

忽然，一陣風過，小王打了個寒顫。他媽的，還說要節省，又開燈又開冷氣，搞什麼呀？小王想起之前工作的大廈，那棟大廈裡有家小企業，深夜時分應該都沒人了，但是燈光卻開開關關，大家嚇死了，以爲是「好兄弟」。

結果小王和另一位同事怕有小偷，還是硬著頭皮上樓看看，沒想到撞破了人家的好事：那家公司的職員和部長正在幹著……一些見不得人的醜事。小王和同事看得目瞪口呆，他們可從來沒見過兩個男人的活春宮。後來，事情還是傳了出去，只是大家都不知道活春宮裡的兩位男主角到底是誰。說起來，小王和同事已經算是有好口德的了。

同樣的，這所醫院裡說不定也有一樣的事發生，很可能八樓的小護士根本就是和醫生在這裡亂搞，所以才又開冷氣又開燈的。

小王哼了一聲，繼續往前走。

「什麼叫情，什麼叫意，還不是大家自己騙自己……什麼叫癡，什麼叫迷，簡直是男的女的在做戲……」

小王倏地停下腳步，懷疑自己是不是耳朵出了問題。怎、怎麼會聽到女人唱歌呢？媽的，眞教人發毛！唱得跟鬼哭似的。小王的心撲通撲通跳個不停，他豎起了耳朵，仔細聽著。

「……你怎麼不說話？你什麼時候才要跟你老婆分手？」

「妳別逼我。」

「我沒逼你，我只是想要知道答案。而且，你老婆都已經答應了。」

小王輕輕移動腳步，遁著聲音前進。他來到剛剛經過的病房前，裡面似乎有一對男女正在說話——太好了！小王在心裡大叫，門竟然沒關上，有道約五公分寬的縫隙。

小王臉貼在門邊，想看清楚房裡的情景。果然！男的穿著白袍，女的穿著護士服，兩人剛剛還在吵架，但現在卻緊貼著身體躺向病床。這可比任何光碟都還刺激！小王睜大眼，看著男人的手順著女人大腿滑下——怪了，這護士——這護士的腳趾是怎麼啦？扭曲變形得厲害。這時女人拉開了男人的白袍，同一時間，小王也忍不住尖叫起來！

那不是人！絕對不是人！

血肉模糊的身體好像被刀割下了一片片的肉——

黑色的傷口裡不停鑽出蟲子，

穿著護士服的女人正熱情地舔著男人的身體，

很顯然，他們正處於激情之中……

□

佳佳開始上學後，幾乎都是誠浩負責接送佳佳。對誠浩而言，這只是舉手之勞，不過，他的用意並非那麼單純。經過這一陣子的相處，誠浩認爲自己確實喜歡上了敏怡。

該怎麼說呢？他很想成爲敏怡的護花使者，好好的疼愛、寵愛敏怡。誠浩原本以爲自己不會想再戀愛，但最近他的心不停地隨著敏怡起舞。

雖然敏怡總是冷冷的，但誠浩認爲那是因爲她之前感情受創，故作堅強，其實內心脆弱，很需要有人讓她依靠。而且，誠浩覺得自己就是那個可以帶給敏怡幸福的人。

既然已經搞清楚自己想要什麼，誠浩決定要開始積極行動，而長期來看，讓佳佳習慣自己的存在，是非做不可的功課。另一方面，誠浩也很同情佳佳。他覺得佳佳就像是敏怡的翻版，那麼楚楚可憐，那麼需要人照顧。

佳佳開始上學大約已經有兩個星期了。平常大都是佳佳放學後到停車場等誠浩，不過今天的情況有點怪，誠浩已經在停車場等了十幾分鐘，但卻還是沒有見到佳佳。又過了十幾分鐘後，當誠浩正要到佳佳班上去時，他看見佳佳從停車場旁的樓梯走下來。

誠浩看了眼樓梯的位置，樓上是美術教室。他急忙迎上前，「佳佳，妳怎麼了？沒事吧？」

佳佳小小的臉看起來好像受了什麼驚嚇，她似乎哭過了。佳佳一語不發，走到誠浩的機車旁，拿起她自己的安全帽。

「佳佳，妳……是不是哭了？」

誠浩面對始終不發一語的佳佳，還真不知道該怎麼辦才好。也許，是和同學吵架了吧。誠浩對自己說。當了這麼多年的老師，他很清楚學生同儕之間的摩擦簡直就像政論節目的爆料一樣從來都沒停過。

第七章・懲罰

佳佳這兩天很怪，早上無論如何都不願意去上學。敏怡急了，責罵佳佳幾句，但佳佳反而躲在棉被裡，露出寧死不屈的表情。

「奇怪了，佳佳到底怎麼了呢？」敏怡下意識地咬著指甲。

「我今天到學校去的時候，問問子聰好了。可能是跟同學吵架了吧。」誠浩說道。

「那就拜託你了。」敏怡臉上盡是焦慮的表情。

「妳……最近晚上是不是常失眠？」誠浩問道。

敏怡不置可否，「吵到你了嗎？」

「沒有……只是我覺得，好像到了半夜還是凌晨，都還有人在屋子裡走動。」

「——你快去學校吧，請幫我問問藍老師，佳佳到底是怎麼了？」

「好，我知道了。」

待誠浩離開後，敏怡坐在佳佳床邊好一會兒，仔細地看著女兒。這時，她赫然發現，佳佳的手腕上有兩三道瘀痕。

敏怡呼吸變得急促起來，「佳佳，站起來，脫掉睡衣，快！」

□

藍子聰請了假。學校方面不得不臨時找來代課老師。子聰一個人坐在書房裡，對著電腦螢幕發呆，右手握著的鉛筆，一直輕敲著桌面，發出叩叩叩的聲音。

門鈴在響第三次時，子聰才回過神來。他並沒有立即從椅上起身，而是猶豫了好一會兒，才慢慢開始動作。不過，對方似乎認定他在家，又連續按了兩次門鈴，似乎有什麼重要的事。從防盜孔往外看，來人是位戴著太陽眼鏡的女子。子聰沒見過她，但還是開了門。

「請問你是藍子聰先生嗎？」

「是。請問妳是哪位？」

「我姓羅。我有事想和你談談，能讓我進去嗎？」女人看起來二十五、六歲，身材纖弱，鼻上架著一副很大的太陽眼鏡，拎著一個大大的LV手提袋。

「……請進，羅小姐。」

敏怡走進屋裡，藏在太陽眼鏡後的雙眼迅速掃視四周。她拎著手提袋，在沙發上坐了下來。

「藍太太不在嗎？」

「她去上班了。妳認識我太太？」

「不，不認識。」敏怡冷冷地說道，「我是學生家長。」

原本正在倒茶的子聰，手不禁一抖。「學生家長？請恕我眼拙。」

「今天早上，我發現我女兒身上有很多處傷痕。」

哐啷一聲，杯子摔落在地，碎了。子聰悠悠轉頭，「……妳是，佳佳的媽媽？」

「喔，這麼看來，你只對我們佳佳下過毒手。」敏怡的反應讓子聰渾身一顫，敏怡全都看在眼裡，又說道：「我去洗衣籃找出她前兩天穿的衣服，上面——」

「妳不要再說了！」子聰發狂似的捂住耳，他不管地上的杯子碎片，就這麼跪了下來，「……我不知道我自己在幹什麼，我根本不知道！我當時一定是瘋了，一定是！我……我本來只是想問佳佳她適應新學校了沒，可是……我不知道爲什麼……我眞下流！天哪……」

敏怡閉上眼，幾秒後，她從沙發上起身，「——你怎麼能夠對一個小女孩那麼殘忍？你太太呢？她知道嗎？她知道自己的丈夫是個變態嗎？」

子聰竟然哭起來了，他開始搧自己巴掌，「我不是人！我不是人！」

「……哭什麼，我又沒說要告你。」敏怡走近子聰，「爲了不讓佳佳受到傷害，我要跟你私下解決。」

這句話讓子聰如獲大赦，他抬頭看著敏怡，「眞的嗎？！這是眞的嗎？」

「當然是眞的。」敏怡從外套口袋裡掏出一副黑色橡膠手套，「現在的問題是，你有誠意解決嗎？」

「當然有！妳要什麼條件儘管提出來！要錢嗎？我有錢，就連房子也可以給妳！」

「佳佳受到的傷害，用錢不能補償。」敏怡走回沙發座，打開了那只LV手提袋，拿出一把沉重的鐵鎚。

不知道屋內情況的人，一定以爲藍老師家在重新裝潢。子聰目瞪口呆地跪在原地，不管膝蓋已經痛得麻木，碎片深深嵌入肌肉中，他只是失神地看著敏怡徹底地破壞著一切。

她什麼都沒放過，拚命用鐵鎚打爛每一樣東西，敲不爛的就用刀去割去砍——檯燈、盆栽、電視、音響、電話、玻璃茶几、電視櫃、書報架、玄關的裝飾和鞋櫃、餐桌、椅子、沙發、掛畫、相片……觸目所及，沒有任何東西是完好的。

不知道過了多久，敏怡來到子聰面前，她有點喘，胸口劇烈起伏，緊握著鐵鎚的手發紅。她仍戴著太陽眼鏡，不發一語，只是高高舉起了鐵鎚。

□

喀一聲，大門打開了。惠琪剛下班。挺著大肚子搭捷運不是件輕鬆的事，爲了肚子裡寶寶的安全，她最近一個月下班時都坐計程車回家。不過，今天一整天，惠琪頻頻冒著冷汗。她不知道是怎麼回事，總覺得發冷。也許是被子聰傳染了感冒吧，孕婦一旦感冒，十分麻煩。

腦海裡同時想著許多事，惠琪一面推開家裡大門。「天、天哪……這是怎麼一回事？！」她手一鬆，鑰匙就這麼掉在地上。惠琪完全被眼前景象嚇呆了，家裡的傢俱全毀，各種物品的碎片殘骸完全蓋住了地板，而靠近餐櫃旁的地上還有灘隱隱約約，鮮紅色的東西。

「子聰……子聰？！」

惠琪忍不住哭了出來。此刻的她嚇得不知道該如何是好，雙手顫抖不已。當然，此時此刻她也絕對沒注意到，在大門緩緩關上後，一道黑影正往她後腦擊下。

□

「所謂的懲罰，就是要做錯的人知道，以後不能再犯了。」敏怡喃喃自語著，一面拉了拉手套。

子聰和惠琪雙雙倒在滿是玻璃碎片的地上，兩人嘴部都被膠帶緊緊貼上，雙手雙腳也都被緊緊綁住。敏怡從手提袋裡拿出一只摺得十分小的布袋，將其展開，約有一百分五十公分長，一百公分寬，看起來應該是用來裝棉被寢具的大型白色束口袋。

敏怡用大型束口袋套住了惠琪，她注視著惠琪恐懼的雙眼，一面俐落的動作，一面說道：「妳的丈夫殘忍地傷害了我的女兒，但是我不會報警也不會告他，我跟他談妥了和解條件，我們要私下解決這件事。不要怪我，是妳丈夫不好，是他造的孽。」說著，敏怡伸手拍了拍惠琪鼓起的肚子，「快生了吧？看這個樣子已經八、九個月了。」

就這樣，惠琪被袋子套住了下半身，與此同時，惠琪有種非常恐怖的預感。眼前這個女人太惡毒太可怕了！

敏怡綁好惠琪之後，找來一張勉強還可以坐的椅子，讓子聰坐在椅上。子聰的雙眼睜得極大，他拚命搖動身體，似乎在懇求敏怡放過他無辜的妻兒。

敏怡微笑，「心疼你老婆小孩嗎？對佳佳下毒手之前，你怎麼沒想到佳佳的父母也會心疼她呢？」敏怡一面輕輕轉動著手腕，鬆鬆肩膀，握著鐵鎚，朝子聰拋出一個微笑。「看清楚，別眨眼啊！」

敏怡甚至根本不需要用力，就能達到她所要的效果。

惠琪痛得猛然坐起，雙眼暴突，前額青筋竄出。

單單一下，是不夠的。敏怡再度舉起鐵鎚，像是打地鼠似的，拚命朝著惠琪隆起的肚子打下去。前幾下，惠琪還有反應，但之後她就像一隻被木棒打得肚破腸流的老鼠，縮成一團，動也不動了。白色的布袋開始逐漸變紅，惠琪的大肚子原本在白布袋下看起來有著正常的弧度，不過現在完全變形，如同一座被踩爛的沙丘。

「看著未出生的胎兒被鐵鎚打成肉醬，有什麼感覺？現在能體會爲人父母的心情了嗎？嗯，看樣子你是覺悟了……不覺悟也來不及，現在輪到你了。」

敏怡放下鐵鎚，走進了廚房。她用被砸得變形的水壺燒起開水，在等水開的過程裡，她又走回客廳。子聰完全陷入了失神狀態，他雖然流著淚，但是神志似乎已經不太清醒。

親眼看著即將臨盆的孕婦被鐵鎚重擊腹部到血肉模糊的狀態，看著胎兒在子宮裡被一併打成肉醬，任何人都會覺得殘忍得難以接受，更何況是那位孕婦的先生，孩子的父親。

不一會兒，水燒開了，敏怡從手提袋裡找出一小塊磨刀石，她走近子聰，一把撕開子聰嘴上的膠布，然後把磨刀石塞進子聰的嘴裡，讓子聰無法閉上嘴。接著，敏怡提著滾燙的熱水，讓子聰仰起頭，把滾水灌進他的嘴裡……

□

誠浩一進家門，就聞到晚飯的香味。他走進廚房，看著敏怡的背影，「佳佳今天好點了嗎？」

「好多了。其實沒什麼事，小孩子偶爾鬧脾氣，我想大概是適應不良吧。」敏怡轉頭看著誠浩，「我想，還是讓佳佳從下個學期再開始上課好了，你能幫我向學校請假嗎？」

誠浩點點頭，「沒問題。喔，對了，佳佳的級任導師……就是我那位朋友，他今天請假，好像家裡有什麼事的樣子。」

「這樣啊。」敏怡關上爐火，「我有做飯，要不要一起吃？」

「這怎麼好意思？」

「沒關係，你不用客氣，去洗洗手吃飯吧。」

「那就謝了。喔，要我去叫佳佳嗎？」

「不用，佳佳還在睡覺，別吵她。」敏怡制止。

這頓只有兩人的晚飯還算不錯，

但是正吃到一半時，

誠浩突然想起了一件事。

「……對了，我明後天不在，要帶學生去畢業旅行。」

「喔，我知道了。」

敏怡神色泰然自若，看在誠浩眼裡，只覺得眼前的女人就是自己的眞命天女，感覺她就像是童話裡的公主一般。誠浩萬萬沒想到，這位心目中的公主，在回家做飯之前，才殘忍地謀殺了一家三口——

□

敏怡溫柔地幫佳佳蓋上被子，讓佳佳抱著她最喜歡的大白兔。看著佳佳緩緩閉上眼，敏怡覺得雙肩愈發沉重。關上了佳佳的房門後，敏怡獨自來到客廳。

今天誠浩帶學生去畢業旅行了，家裡突然顯得空蕩蕩的。敏怡在沙發上坐下，打開了電視，望著跳躍不已的電視畫面發呆。

……不知道過了多久，敏怡突然睜開眼。已經凌晨一點多了，自己竟然在沙發上睡著，唉。敏怡在拿起遙控器要關上電視時，稍微愣了一下。電視畫面一片漆黑，而且也沒有任何聲音。大概是快睡著前下意識關掉的吧，敏怡心想。

嘶——

就在敏怡將遙控器放回茶几時，她聽到了一陣微弱的聲響。她說不出來也聽不出來那是什麼聲音，好像有人在玩鐵絲似的……嘶、嘶的摩擦聲。

「奇怪……」敏怡四處張望著。忽然，樓梯上傳來跑上跑下的腳步聲。敏怡本能地喊著：「佳佳，是妳嗎？」

沒看到任何人的身影，但卻聽得到腳步聲已經往地下室移動了。敏怡臉色微變，她慢慢走向樓梯。

下樓前，敏怡打開了地下室的燈。燈光閃爍了很久，終於亮了；大概是變壓器有問題。敏怡緩緩走下樓梯，仔細地看著四周。

地下室大約有十幾坪，牆和地板都是光禿禿的水泥。兩側的牆邊擺著簡陋的木製置物架，置物架上只放著幾瓶清潔劑，還有一兩個搞不清內容物的紙箱。

嘶，嘶嘶——

那聲音又出現了。敏怡感到背部冒出一陣冷汗。她很不喜歡地下室，每次來到地下室，她都覺得發悶頭昏。但這次更糟，她甚至還聽到了怪聲。

「是誰？！」很明顯，絕不是佳佳，佳佳不可能無影無蹤地發出怪聲。敏怡感覺得到，那聲音的源頭應該就是在這附近。

嘶——

到底是怎麼回事？怎麼會有那種奇怪的聲音呢？敏怡在地下室裡繞圈，覺得那奇怪的噪音好像會影響自己的思緒，會打亂自己的心情。她急切地想要找尋那怪異的聲音源頭，但每當她的眼神觸及牆面的置物架時，又隨即轉移開來。

敏怡在原地煩悶地踱著步……隨著時間流逝，那聲音似乎停住了。房子，會無緣無故發出聲音嗎？敏怡鎮定下來，目光掃視著整個地下室。也許……嗯，也許是老鼠吧。敏怡暗自在內心裡安慰自己，她轉身走向樓梯。

她走回一樓客廳，卻聽到了熟悉的新聞主播聲音。電視開著，停在新聞頻道。剛剛不是——關掉了嗎？天哪，這台老電視——敏怡一手按住胸口，似乎要阻止自己的心瘋狂跳動似的，她爲這怪異的現象找尋理由，然後終於想到一個：一定是電視的開關壞了，才會自動開開關關的，對，一定是這樣沒錯！

「……現在爲您插播一則重大社會新聞。今天晚間七點左右，在台北市石牌一處民宅中警方發現一起分屍命案，死者分別是現年四十九歲的男性羅文昌，以及現年三十歲的女性吳美妍。據了解，兩名死者均被分屍，屍塊在……」

敏怡呆立原地，她雙唇微張，雙眼注視著電視畫面。伴隨著主播的聲音，敏怡看見媽媽頭上套著黑色布袋，被警察拉扯著走出警局。

這是十幾年前的新聞！

是爸爸和賣菸阿姨被發現那天的新聞！

當年青春年少的主播，

現在早離開了主播台，嫁入了豪門。

敏怡蹣跚地後退了幾步，她發出一聲慘叫，之後摀著雙耳衝回二樓的房間。空蕩蕩的客廳裡，電視在播報完敏怡父親和情婦被殺害的案件後，又自動關上了……

第八章．誘惑

敏怡砰一聲甩上房門，但是那股恐懼仍然在她心頭盤旋不去。她背靠著門，慢慢地蹲了下來，淚水從她的大眼睛裡流出。敏怡身體微微發抖，她用手背抹乾淚水。不行，媽媽不會想看到我哭的。敏怡對自己說。

「……我不會哭，我不會輸，我在月光守護的黑夜裡……看著自己真的像妳，走妳走過的路……」

那是幾年前聽到的，一首唱給媽媽的歌。歌手好像是位嗓音低沉的女歌手，敏怡不知道歌名，但此刻她卻想起了這首傷感的歌。

敏怡正如歌中訴說的情境，她真的像媽媽一樣，走著媽媽曾經走過的路。月光，歪斜地照入房中。對，月光，那首歌……歌名就叫〈月光〉。

「……看著自己真的像妳，走妳走過的路……」

□

佳佳之後再也沒去上學了。而學校裡好像也開始變得一團混亂。誠浩從畢業旅行回來後，他發覺周遭的一切都改變了，怪異得很。而且，子聰和他的太太，好像人間蒸發似的，大家都連絡不上他們。

雖然校方臨時找來代課老師，也想辦法連絡子聰的哥哥，但是依舊沒有他們夫妻倆的下落，尤其惠琪還挺著個大肚子。

「俞老師！」同樣是四年級的導師，衝過來他的座位，「不好了！」

誠浩反射性地站起，「怎麼了？發生什麼事了嗎？」

「出事了！藍老師的哥哥到台北來，找了鎖匠和警察一起去他們家開門，結果——」那位老師緊張得連吞了幾口口水，低聲道：「藍老師和他太太都——都死了！」

「鄭老師，你說什麼？我沒聽錯吧？」

「沒錯啦！眞的！據說，死得很慘呢……」

「連藍老師的太太都死了？」

「是啊，她不是大肚子，就快生了嗎？她也——唉！現在好幾個警察在校長室，教務處、學務處的主任們也都在校長室。」鄭老師說道，滿臉害怕擔憂。

誠浩跌坐在椅上，喃喃自語，「子聰跟惠琪……到底發生什麼事了？死了？而且死得很慘……這、這怎麼可能呢？」

那天，警方後來有找誠浩談談，了解一下子聰在學校裡的狀況。警方倒是沒說什麼，但等誠浩追問現場的情況時，幾名警員不約而同皺起眉頭。

「俞老師，你就別問了。這是機密。」

「我跟藍老師和他的太太從大學時代就認識了，我很想知道他們到底發生了什麼事。」

「仇殺。」一名警官聳聳肩，「而且想必有深仇大恨。」

「怎麼可能？一個國小老師會跟人結下什麼深仇大恨？」

「這也是我們調查的重點。也許不是衝著藍老師，有可能是衝著他太太。」

「惠琪？惠琪她很善良，很平易近人，我不懂……」誠浩頹喪，心中充滿了難過的情緒。

警官拍拍他的肩，「如果你想到了什麼線索，別忘了第一時間通知我們。」

□

誠浩回到家後，一開門就看見佳佳蹲坐在客廳的角落，她手上抱著大白兔，好像正和大白兔玩。

誠浩走近佳佳，在她身邊坐了下來。雖然誠浩並不專精於特殊教育，但他還是多少懂一點。只不過，無論跟佳佳說什麼，佳佳都總是用充滿著複雜情緒的眼神回望誠浩。

他想，佳佳應該能理解自己所說的話。只不過，佳佳到底爲什麼不能說話，她的語言障礙究竟是怎麼回事呢？誠浩十分好奇。不過敏怡似乎對佳佳的治療並不積極。

「來，這個，玩這個……」

佳佳向誠浩笑了笑。誠浩這是第一次看到佳佳的笑容，他心中充滿了溫暖，也許對誠浩而言，佳佳確實激發了他的父性。可憐的佳佳，被親生父親拋棄，一定很難過吧。也許是因爲父母不和，才導致佳佳的語言障礙——

「對了，佳佳。妳還記不記得，有天叔叔在停車場等妳等了很久，回家之後妳就再也不去上學了，妳……還記得那天發生了什麼事嗎？是不是有同學欺負妳？」

誠浩話一問完，馬上就後悔了。

因爲佳佳的眼淚瞬間流了出來。她並不像一般小孩哇哇大哭，她的哭泣十分成熟，就只是默默垂著淚。

「對不起，佳佳，叔叔不該問的。來，不要哭了，乖。玩這個好不好？」

晚飯前，敏怡回來了。她一開門就看到佳佳和誠浩在客廳裡玩，誠浩拿著大白兔，一直逗笑佳佳。這原本應該是一幅溫馨的畫面，但看在敏怡眼裡卻有點走樣了。敏怡的心裡忽然有種不舒服的感覺，起初她不明白這是怎麼一回事，後來敏怡慢慢地領悟了，她意識到那是一種妒嫉的情緒。

雙面的妒嫉情緒。一方面是妒嫉誠浩，一個外人，竟然能和佳佳相處得這麼愉快，可是自己呢？自己雖然費盡心力扮演慈母的角色，但佳佳卻總是對她保持距離。另一方面，敏怡十分不願承認，她有點妒嫉佳佳；甚至，她認爲佳佳似乎就要搶走誠浩了。

天哪，敏怡打從心裡厭惡這種感覺。她不明白自己爲什麼會用這種怪異偏激的角度看事情。但那種情緒好像是強力膠，緊緊地黏在敏怡的心上，她根本沒辦法把那樣的念頭甩開。

□

佳佳不知道媽媽在生什麼氣，媽媽突然跑到她的房間裡，瞪著她的臉，搶走她的大白兔。媽媽只要一生氣，就會搶走大白兔。

佳佳知道，媽媽一生氣，就會把大白兔背後的拉鏈拉開，拿出藏在棉花裡的鐵鎚，去找那些讓她生氣的人。雖然不知道那些人是誰，可是媽媽只要發洩完，心情就會好得多。

但這次不一樣，佳佳知道，媽媽是在生她的氣。媽媽問她爲什麼要和誠浩叔叔玩，上次的教訓還不夠嗎？佳佳想說，但又沒辦法說。她雖然不聰明，可是也會分辨，誠浩叔叔和藍老師不一樣，藍老師不正常，而且又壞。

不過，就算說了媽媽也不會聽。媽媽不喜歡別人意見太多。可是……這次媽媽的反應太奇怪了。她只是靠著誠浩叔叔，她只是和誠浩叔叔坐在一起，這有什麼關係呢？

但媽媽不這麼認爲，媽媽非常不高興。佳佳知道，媽媽最討厭不聽話的孩子，所以，佳佳不敢不聽話，佳佳不敢了，佳佳再也不敢了……

□

敏怡站在臥室的一角，靜靜看著床鋪。她的床是張漂亮的雙人床，床鋪可以整個往上掀起，床底是箱型的，很大，可以收納好幾大組寢具。床上鋪著剛換上的高級寢具，淡淡的粉紅色，如同公主房般夢幻。

咚咚……咚咚咚……

怪聲音，又來了。但這次敏怡並沒有感到害怕，她幾乎能百分百確定，聲音來自於床底。她很有可能不小心多關了一隻老鼠在床下。無所謂，這種小事不會影響她的計劃。

敏怡走近浴室，在浴缸裡放滿熱水，舒舒服服地泡了個澡。洗完澡後，她精心化好了妝，換上一件柔軟輕薄的睡衣，噴了點香水。

坐在梳妝檯前，敏怡其實有點不知所措。她突然不知道自己到底在做些什麼，但是這種不安並沒有存在太久。當她輕閉雙眼，就會想到佳佳對誠浩所展現的笑容，就連對親生爸爸都沒有表現過的笑容。

那笑容很討厭，非常討厭。

□

周大維一個人坐在辦公桌前，他寬敞的辦公桌上，放著一疊疊令人作嘔的照片。身爲一名幹練的警官，他看過的屍體不算少了，但卻從來沒看過像這樣受盡凌虐而死的慘狀。

特別是女性死者，何惠琪。就快臨盆了，但卻被以極殘忍的手法，用鈍器狂擊腹部。遺體送到法醫那裡時，就連「身經百戰」的老資格法醫，也不禁嚇了一跳。

法醫送來的報告和照片彷若一部特效完美的恐怖電影，解剖後，在孕婦的子宮裡取出變成噁心肉塊，不成人形的胎兒。孕婦體內的臟器也因外力攻擊而有嚴重的內出血。

至於男性死者的情況也好不到哪去。口腔、氣管、食道有燒燙傷的痕跡，下體被鈍器連擊搗爛。看來嫌犯應該是個十足的心理變態。對，心理變態！周大維雙眼一亮，在附近轄區，聽說也發現怪異殘忍的命案，不知道會不會是同一人所爲⋯⋯如果是的話，那麼兩起命案之間，又有什麼關連呢？

□

誠浩站在大門前，正準備要拿出鑰匙時，大門靜靜打開了。敏怡站在門後，帶著一絲笑容。她打扮過，顯得格外美麗動人。

「你回來了。」這問候，讓誠浩差點誤以爲敏怡就是自己的老婆。

「我回來了。」誠浩不自覺地答道。

「快進來吧，剛好趕上吃晚飯。」

誠浩回到房間，洗了把臉，換了件POLO衫，才下樓吃飯。他覺得這一切有點不太對勁。敏怡今天笑容可掬，對待他彷彿像對待自己的丈夫似的。

這是怎麼回事呢？雖然誠浩對敏怡很有好感，也喜歡上敏怡了，但是他根本還沒想好，該如何開口追求敏怡——

「佳佳呢？」誠浩隨口一問。

「她到朋友家去玩了，會住在朋友家兩三天吧。」

敏怡一反常態，竟穿著睡衣在廚房走動。之前她總是衣著整齊到近乎正式的地步，誠浩從來沒看過敏怡這一面。

「牛排，紅酒？今天是什麼重要日子嗎？」誠浩開玩笑。

「我想慶祝。」敏怡微笑，舉起紅酒杯，「慶祝羅敏怡小姐的新生活就此展開，擺脫過去不愉快的回憶，重新開始！」

誠浩也舉起酒杯，「確實值得慶祝，希望妳重新開始一段美好的生活！」

「謝謝。」敏怡甜甜一笑。

那天晚上，在酒酣耳熱之際，敏怡竟主動拉著誠浩的手，帶著誠浩走向她的臥室。誠浩覺得自己宛若置身夢中，一場甜美激情的春夢……

咚、咚咚——

咚咚——

睡夢中，誠浩感覺床鋪好像在微微震動，並且好像有聽到微微的啜泣聲。誠浩本想坐起身體，但是酒意讓他感到頭昏腦脹，無法動彈。朦朧中，誠浩感覺到敏怡好像從床上站起來，一束人影晃動著。

□

第二天，經過連絡後，周大維在下午約了隔壁轄區負責偵辦的郭組長見面。郭組長事實上很迫不及待和周大維一起討論案情，因為在聽過周大維的描述後，他也認為這兩件案子很有關連。

「郭組長，好久不見，請坐。」周大維請郭組長坐下，在會客沙發的茶几上已經準備好了一大疊照片。

「是啊，好久不見。」郭組長臉上沒什麼笑意，他是個彪形大漢，擅長柔道和劍道，體格十分結實。

周大維倒了杯茶給郭組長後，自己在對角坐下。「死者是藍子聰，三十二歲，職業是國小教師；女死者何惠琪，三十一歲，職業是安親班老師。」

郭組長抬頭，「我這裡的死者身分尚待確認，不過根據失蹤通報，男性有可能是今年三十三歲的袁伯恩，職業是醫生。女性的話，有可能是袁伯恩的太太羅敏怡，也有可能是袁伯恩的同事，李立珊。加上袁伯恩的女兒，應該有四個人一起失蹤。」

「聽起來好像和情殺有關。」周大維點起菸，把菸盒遞給郭組長。

郭組長搖搖手，「不用。麻煩的是，我們懷疑這是一起謀殺，但沒有足夠的證據可以讓案件成立。」

「什麼意思？」

郭組長雙手一攤，「這是一起沒有屍體的謀殺案。我們擁有的證據只有一個空的大木箱，還有木箱裡沾滿屍水的特殊泡棉而已。」

「……所以是靠泡棉上的屍水來判斷有人死掉，是這樣嗎？」

「袁家的鄰居表示，前陣子一直聞到惡臭。然後袁太太看起來雖然正常，但袁醫生和她女兒都好像不在家，後來，袁太太也不見了。鑑識同仁在袁家的餐廳地板上發現有些微的血跡。」

周大維點點頭，「屍體大概被藏到別的地方去了。畢竟再怎麼樣也不會有人在家裡的客聽放個能裝屍體的大木箱。」

「所以，應該是有受害人，但袁醫生一家是不是受害人，或者，他們是加害人，這些我們還在調查。」郭組長從帶來的文件夾裡拿出一疊照片和文件。「那麼周督察，你們這邊的案子呢？」

「兩名死者無故曠職，男性死者藍子聰的哥哥從南部北上，會同我們，請鎖匠來開了門，發現他們雙雙死在客廳。」

「也是客廳？」

「客廳，沒錯。」周大維把相關資料推到郭組長面前，「這是現場照片。有位新來的菜鳥忍不住吐了。」

郭組長拿起照片，眉頭不禁深皺，「對孕婦做出這種事……簡直就是喪盡天良。」

「沒錯，慘無人道。」周大維呑吐白煙，「你有什麼想法？」

「辦案雖然要講證據，可是我有種直覺，這兩起案件應該有關連。光是袁家客廳裡的大木箱，就讓人覺得這應該不是一般的謀殺案。兇手毫不在意會被發現，竟然任由龐大的證據丟在案發現場，而且會使用這口大木箱的人，應該完全不在意法律制裁。」

「我懂你的意思。一般嫌犯理應要毀屍滅跡，但這個兇手毀了屍卻不滅跡，看來他把屍體帶走或者毀掉是爲了洩恨，而非爲了消滅線索。」周大維點點頭，「從這點看來，藍家夫婦的案子也很接近，他們被活活凌虐至死，兇手想必很怨恨他們。另一方面兇手也任憑他們被發現，未做掩飾，看來這兩件案子的兇手個性十分接近，很有可能是同一人。」

郭組長點點頭，「我們現在正在清查袁醫生一家人的下落，一家三口無故失蹤，這點實在很——抱歉，我接個手機。」

郭組長站起身，一面接起手機，一面走到門邊。這通電話沒講多久就結束了，但郭組長走回周大維面前時，臉色完全改變，透著一股興奮。

「大消息！袁醫生的女兒袁佳佳在前陣子辦了轉學手續！」郭組長說道。

周大維瞪大眼，「該不會是藍子聰任教的那所小學……」

郭組長再度抓起資料，迅速看了幾眼，抬起頭，「正是如此。」

第九章．殘酷的眞相

課上到一半，教務處的陳主任突然出現在誠浩的教室門前，低低地呼喚他：「俞老師！俞老師，麻煩你過來一下。」

誠浩放下粉筆，要學生安靜，然後不解地走出教室。他一踏出教室門口，就被陳主任拉到走廊邊。

「俞老師，你快去校長室一趟。」

「怎麼了？陳主任。」

「有兩位警官要找你，好像跟藍老師的命案有關。」

「什麼？」

陳主任滿頭大汗，「你快去吧，我幫你代課。」

「好，好。我馬上過去。」

誠浩快步走上二樓的校長室，一走進校長室，負責雜務的工友阿姨替誠浩開了門，就連工友阿姨的表情都怪怪的。

「喔，俞老師，你來了。」校長姓毛，是位老好人，不太囉嗦，也不太管事，只求能安穩退休。毛校長介紹道：「這位是周督察，這位是郭組長，他們兩位想要和你聊聊有關藍老師的事。兩位長官，不好意思，我待會兒和督學有約，我得先走了，你們儘管慢慢聊啊。」

毛校長好像眞的快遲到了，他很快地走出校長室，向工友阿姨吩咐了幾句話之後，便穿上西裝外套離開。

等毛校長走後，誠浩和周大維、郭組長三人才緩緩坐下。周大維先寒暄了幾句，隨即進入重點。

「剛剛我們和陳主任碰過面了，聽說最近你有個朋友的女兒，轉學到藍老師的班上，對嗎？」

誠浩點點頭，「我房東的女兒。」

「喔！你的房東——是袁先生還是袁太太？」

「我想……應該是袁太太吧。不過，她希望大家叫她羅小姐。」誠浩狐疑，「藍老師的事，和羅小姐有什麼關係？」

「沒什麼。這不過是例行問話。在死者身邊最近出現的變動，我們全都得一一記錄下來備查。」周大維換上閒聊的口吻，「不過，有件事還滿怪異的。袁佳佳從藍老師夫婦出事前兩天就開始請假，這是什麼緣故呢？你有聽說嗎？」

「佳佳她本來就比較——呃，特殊——她的父母最近分手了，她跟著媽媽換了新環境，所以好像還不太適應新的學校生活。」

「喔，袁佳佳的父母分手了啊……父母離異好像眞的會對小孩造成不小的打擊呢。」周大維淡淡說道。

之後的對話，大部分由誠浩形容藍子聰夫婦的爲人和他們之間相處的狀況。周大維和郭組長只是靜靜聽著。大約四十分鐘後，他們終於起身告辭。

「俞老師，今天很謝謝你。」周大維和誠浩握了握手。

「哪裡。有需要可以隨時找我，你們有我的電話吧？」

「有，有。不過……喔，如果方便的話，可以順便留個連絡地址給我們嗎？」

「當然可以。」誠浩點點頭。

走出小學後，郭組長伸了伸懶腰，「袁太太，也就是羅小姐和她的女兒顯然沒失蹤，但是來報警說找不到袁伯恩醫生的卻是醫院——」

周大維從外套裡掏出菸和打火機，「而且，袁佳佳正好轉學到了藍子聰的班上，可是呢，藍子聰夫婦在完全沒與人結怨的情況下就這麼慘死。看來關鍵是在那對母女身上啊。」

「不過，沒有證據。」

「是啊。看來，只好從這位看起來什麼都不知道的俞老師身上著手才行。」

「那位俞老師啊……真的很單純。」郭組長說道。

周大維點點頭，「他大概還不知道，自己就住在女魔頭的家裡。」

「女魔頭……案子要真的都是羅敏怡做的，那她保證是台灣犯罪史上第一號女魔頭了。」

「……我已經叫手下的人開始調查羅敏怡的背景，大概很快就會有消息的。」

周大維望向天空，「看起來就快下雨了。」

「走吧！」

□

從學校下班後，誠浩回到家裡，但是家中靜悄悄地，沒有半點聲響。而敏怡在看到誠浩回來後，就回到二樓，把自己關在房間裡，不和任何人說話。

誠浩愈想愈覺得不對勁。他覺得佳佳不太可能到朋友家去玩。佳佳從來就沒有朋友，若是同年紀的朋友，應該也都在上學，怎麼可能會找佳佳玩呢？

而且敏怡最近的態度真的很怪，一下子熱情如火，一下子卻又冷若冰霜，誠浩根本無法適應。不但無法適應，他更加無法理解——特別是昨晚——

但就在此時，誠浩的手機響了起來。來電者的號碼很陌生，不過他還是接起了——起初，他根本覺得對方瘋了，竟然對著手機胡言亂語；但最近發生的一切像是破碎的拼圖，他在心裡其實正順著對方的話，將拼圖一塊塊拼成形。

「敏怡，我覺得我們需要談一談。」誠浩大力敲著敏怡的房門，「妳在嗎？」

過了近一分鐘，誠浩才聽到敏怡正移動著腳步。但敏怡顯然沒有開門的打算，於是誠浩又開始敲門。

「你想幹嘛？」敏怡焦躁不耐煩的聲音從房門後傳來。

「我想跟妳談談，我需要跟妳談談！」

「沒什麼好談的。」

「妳怎麼了？昨天晚上——」

「昨天晚上怎麼樣？你聽清楚，別再提什麼昨天晚上，也別再煩我！」

「好！我可以不談我們之間的事，不過有件事我得弄清楚！佳佳呢？佳佳到哪裡去了？」

敏怡沒吭聲，過了一會兒，才說道：「你少管佳佳的事。」

「話不是這麼說，我眞的無法理解，妳爲什麼不告訴我佳佳到哪裡去？」

「我才想問你，你爲什麼一直要管佳佳的事？你以爲你是誰？」

「這是出於關心，我把佳佳當作家人一樣，這有什麼不對嗎？」

「……我再說一次，別煩我。」

「敏怡，妳太奇怪了。沒有媽媽會像妳這樣對自己的小孩漠不關心——還有，這棟房子，妳到底在房子裡藏了什麼？這棟房子很不對勁，妳知道嗎？！」

「你在編什麼故事？你在胡說八道什麼？這棟房子哪有什麼不對勁？！」敏怡終於打開房門，她披頭散髮，「你要是覺得有問題，那就搬走啊！」

「妳以為我為什麼不搬？我是在擔心妳和佳佳！」

「擔心……」敏怡冷笑，「你有什麼資格擔心我和佳佳，你到底以為你是誰？去打包你的行李，現在就滾出我的房子。」

「羅敏怡！」

回應誠浩憤怒的並不是任何言語，而是重重的關門聲：砰。誠浩舉起手，本來想再敲開門，但敏怡——敏怡說得沒錯，自己有什麼資格說話呢？而且，誠浩再也不想待在這間屋子裡了。

每到半夜就會聽到奇怪的聲音，走廊上好像永遠有人在散步走動，老是覺得有人在偷看著……這到底是怎麼回事？敏怡一定隱瞞著什麼事，而佳佳——

誠浩站在原地，沉思了一會兒。他猶豫著自己到底要不要繼續介入，還是收拾東西，爽快地離開。他從各方面考慮，但卻始終得不到任何答案。

嘶、嘶——

是那個聲音！那就是每到半夜就會出現的恐怖聲音！誠浩不禁感到一陣毛骨悚然，他緊張地環顧四周，那聲音很怪，彷彿貼著牆壁爬行，不停地迴旋著。

停止了。

每次都是這樣，忽然開始，也忽然停止。

誠浩的目光停在敏怡外婆的房間門上。雖然敏怡說不能去打擾她老人家，但也許這位素未謀面的老太太知道些什麼，也許她能解開那股怪異聲音的謎，也或許她能給誠浩一些派得上用場的忠告。

心裡下了決定後，誠浩鼓起勇氣，輕輕走向敏怡外婆的房間。他不想敲門，免得敏怡衝出來阻止，於是，他輕輕轉動門把，推開了敏怡外婆的房門。

房裡很暗。誠浩摸索了好一會兒才找到電燈開關。燈亮後，誠浩這才看清楚整間房內的情況。這間房很怪。房間的裝潢風格雖然是歐式古典風，但卻在一面牆上釘了十分突兀的鐵架，上面如同生物教室般，擺著瓶瓶罐罐的福馬林液體，裡頭當然還有標本。

而敏怡的外婆，一個瘦弱，滿頭白髮的老太太就坐在正對房門的搖椅上，臉朝著窗外。乍看之下，好像只是個喜歡看著窗外景色的老太太，但在誠浩開燈前，這房裡並沒有一絲亮光，這老太太難道喜歡在黑夜裡看窗外的景色嗎？而且這棟房子獨立蓋在斜坡上，附近根本沒有其他房子，也沒有任何光線來源，窗外可說只能看見自家荒蕪的院子。

誠浩益發覺得怪異。他猜想敏怡外婆也許視力和耳朵都不好，所以完全沒察覺他走了進來。

誠浩輕咳了幾聲，但敏怡的外婆仍舊沒有反應。他又走近幾步，這才發現那扇窗戶被緊緊關住，而燈光，在窗玻璃上反映出一張令人無法置信、感到恐懼的臉！

「爲什麼？」誠浩的聲音因害怕和驚嚇而變得粗啞！

那張臉，

絕不是活人的臉。

「我不是說過，絕對不可以打擾我外婆嗎？」敏怡憤怒的聲音，在誠浩背後響起。

□

誠浩微睁開眼，但卻什麼都看不見。黑暗，緊緊貼著他每一吋肌膚。誠浩動了動手指，感覺整個手掌底下是濕滑黏熱的液體——媽的，這是什麼？該不會是血吧？天哪！

在誠浩試著讓上半身離開地面，勉強坐直身體時，他感到後腦似乎裂了個大洞，用手一摸，有個連頭皮都翻起來的大傷口。

這時，啪的一聲，有人打開了燈。剎那間刺眼的強光讓誠浩不得不緊緊閉住眼，淚水沿著臉龐流下。

「你醒了。」敏怡斜斜靠著牆，站在地下室的樓梯上。

誠浩忍著痛，在習慣光線後睜開眼，他沒時間打量四周環境，只是冷冷地望著敏怡。這個女人——這個看起來柔弱斯文、楚楚可憐的女人——

「敏怡，妳爲什麼要這麼做？」

「我做了什麼？我什麼也沒做。」

誠浩怒目瞪著敏怡，「撒謊！佳佳，她失蹤了對吧！是妳讓她失蹤的？妳爲什麼要這麼做？」

敏怡眨眨眼，輕輕嘆了口氣，「佳佳很重要嗎？你是不是太關心佳佳了？誠浩，我不喜歡這樣。雖然我很感激你對佳佳好，可是你跟佳佳太親近了，這樣不行，這樣不對。」

不知道是血還是冷汗，濕冷的襯衫緊緊貼著誠浩的背部。他的心不斷下沉，眼前這個女人瘋了，竟然妒嫉自己的女兒……看著敏怡平靜得一如往常，誠浩不由得大聲咆哮起來。

「羅敏怡！妳是瘋子，妳根本就是個瘋子！那個警察說得沒錯！妳殺了佳佳的爸爸，妳殺了李立珊，那個護士，妳還殺了扶養妳長大的外婆，妳——妳也殺了自己的親生女兒，對不對？！回答我，快點回答我！」

「不對！」敏怡緩緩走下樓梯，「你說漏了。」

「什麼？！」

「一開始，我殺了書雲。」敏怡聳聳肩，「你大概不知道書雲是誰。書雲是我的妹妹……雖然我總是向別人說她是我的表妹……事實上，她是我爸爸和賣菸阿姨的女兒……你知道，我媽媽就是被書雲的媽媽害得好慘。」

誠浩搖頭，雙目圓睜，他不得不強迫自己站了起來。

「就在我剛生下佳佳不久，書雲就突然出現在我家……她威脅我，如果不給她錢，就要把我父母的事全部告訴伯恩……我不希望隱瞞家庭背景的事被伯恩知道，可是……最讓我受不了的，是書雲看伯恩的眼神……跟她那該死的媽媽一模一樣。我就知道，母女倆都一個樣，當初她媽媽也是用那種眼神盯著我爸爸看！」

「所以妳殺了她？妳殺了妳的妹妹？！」

「我只是把布條套在她的脖子上，然後把她推下陽台而已。並不困難，至少比弄死外婆輕鬆多了。」

敏怡纖細的手指玩弄著洋裝衣角，她嘴角微揚，如同書卡上美麗純潔的少女，從她的眼裡看不出任何內疚、心虛，彷彿她此刻在談論的並不是什麼恐怖的過往，而只是一杯飲料罷了。

「……妳又爲什麼要殺掉一手扶養妳長大成人的外婆？」誠浩悲痛地大喊，「妳到底有沒有人性？」

「你以爲我是因爲樂趣才殺害外婆的嗎？當然不是！她老了，老得不能從搖椅上站起來……她需要有人好好照顧她……但是我做不到，我那時想和伯恩結婚，可是我也不能丟下外婆不顧——而且，她拒絕讓我和伯恩跟她一起住，她……」敏怡嘆口氣，「她總是對伯恩發脾氣，說他是壞人……其實，呵，其實，外婆眞的是對的。」

「但是妳怎麼能下得了手？對一個無辜的老人家——」

敏怡再度嘆了口氣，那表情無助又無奈，「我已經盡可能讓外婆走得舒服一點，這是我最大的孝心。」

「妳根本就是變態！」誠浩大吼，「是我親眼看見的！妳把她做成了標本，就這麼放在那張搖椅上……我眞不敢相信，我竟然曾經覺得妳楚楚可憐，還曾經想過要保護妳！」

敏怡臉色一變，但隨即又笑了，微笑中帶著悲傷，「我確實是很可憐……在把外婆身體的內臟挖出來時，我就哭了很久。」

身體的疼痛還勉強可以忍住，但是此刻誠浩感到的痛苦和恐懼彷彿一把切肉刀，正將他的心切成一片又一片。

「反正，人生路途上總是會出現許多絆腳石。」敏怡喃喃低語，「佳佳的老師也一樣——爲什麼要傷害佳佳？爲什麼要來打亂我的生活？我很累很累，眞的很累。」

「所以，子聰和惠琪也被妳……」誠浩的目光開始四處移動，打量著周圍的環境，爲了拖延時間，誠浩又道：「可是虎毒不食子，妳怎麼能傷害佳佳呢？她實在太可憐了。」

「佳佳，她知道太多事了。所以我得看緊她……每天餵她吃藥……否則，萬一哪天她能夠說話了，那該怎麼辦？」

「等一下！妳的意思——妳餵她的藥——」

「沒什麼，只是一種讓聲帶發揮不了作用的神經毒……你知道，我曾經唸過護校……雖然沒有畢業，但是我以前成績很好。那種神經毒很方便的……副作用可以讓服用的人手部不停顫抖，這樣就沒辦法打字，或者寫東西了。」

誠浩彷彿被再度重擊，目光中透著一股絕望和譴責。「所以……妳親手殺了自己的女兒……」

「不對，不是這樣……我愛佳佳，我沒殺她，只是把她關起來……但是她太壞了，不聽話，我只是稍微教訓她一下……佳佳應該要知道自己錯在哪裡。就像我外婆說的，要聽話才可以……我很後悔沒聽外婆的話，結果證明外婆是對的。」

「妳把佳佳關在什麼地方？」

「你說呢?當然是一個可以讓她知錯的地方。誠浩，別這樣，別用那種眼光看我。我也有權利追求自己的幸福，人生本來就是這樣，要付出才會有回報。」

敏怡閉上眼，她再度想起那個下著大雨的夜裡，媽媽蹲坐在地上，懷抱著爸爸頭顱發笑的情景。那時的媽媽笑得很開心，幾乎是有史以來最開心的一次。幾秒後，敏怡睜開眼，她從樓梯旁拿起預先準備好的鐵鎚，向誠浩微笑著。

第十章．地下室

好悶——

好難過——

媽媽，對不起，我會乖乖聽話，

讓我出去，媽媽！

我以後不敢了，

對不起，我眞的好難過，

媽媽，求求妳！

求求妳！

□

誠浩不停躲避著揮舞著鐵鎚的敏怡，「住手！敏怡！妳不要再錯下去了！」

「誠浩，誠浩！」敏怡原本溫和的表情消失，雙手舉著沉重的鐵鎚，「誠浩！」

敏怡的聲音就像引誘人自殺的女鬼，誠浩隨手抓起地下室裡的物品，往敏怡身上砸過去，但敏怡彷彿不怕痛似的，依舊不停逼近。

「誠浩，誠浩！」

砰一聲，鐵鎚砸向附近的置物架，木製的置物架應聲而倒，誠浩已經沒有退路，他的背緊緊貼著牆，往右側移動著，雪白的牆上沾滿誠浩的血，拖拉出一個大大的印子。

嘶、嘶！

是那個怪聲音！

在這裡！不會錯的——

就在這裡！

忽然間，敏怡的動作停了下來，她側著頭，輕笑，「好久不見。啊，原來，那個怪聲音是妳弄出來的！哼！太惡毒了——」

「什麼？」誠浩在此時也忽然覺得手指被什麼東西纏繞上了，他舉起手一看，竟是一綹人髮！「……這、這是誰的……怎麼會有……」

倒塌的置物架後方，是一堵白色的牆，相較於地下室其他牆壁深灰的顏色，這裡顯得格外引人注目。但是最吸引人目光的並不是牆的顏色，而是在原本放置物架的位置，從地面往上，有條長達一公尺多的裂痕。裂痕裡，長出了黑色的長髮。

「牆裡怎麼會有頭、頭髮？！」

誠浩差點沒反胃吐出來，指尖的觸感告訴他，這束頭髮正在蠕動著！頭髮正順著他的手指、手腕蠕動著，宛若小蛇游走。誠浩瘋狂甩動左手，但是卻徒勞無功！髮絲游走過的地方紛紛出現血痕，這時敏怡怪異的笑聲鑽進了誠浩的耳中。

「哈哈！賣菸的阿姨，妳還是一樣嘛！一點都沒變，只要看到長相不錯的男人，就會纏著人家不放！喔，我知道，一個人被埋在這裡很寂寞吧？沒有男人妳就寂寞難忍吧？對不對？沒關係，我來完成妳的願望！我讓誠浩去陪妳，把妳的頭跟他的頭埋在一起，好不好？哈哈哈！」

誠浩現在已經完全顧不得敏怡，他死命地想用右手把在左手腕亂竄的黑髮抓住，但是那頭髮有生命——也彷彿擁有意識！「不！」誠浩極痛苦地慘呼一聲，只見黑髮已經穿過他的衣領，束緊了他的頸部。如同鐵絲鋼線般銳利的黑髮不停地束緊、拚命地束緊！

不、不能呼吸了！

鮮血從誠浩被割裂的皮膚中滲出，

吸吮著鮮血的髮絲更活躍了，

它們張牙舞爪地糾纏著——

那束恐怖的黑髮渴求的並非鮮血，而是生命。

敏怡再度高高舉起手上的鐵鎚，這次她並非朝著誠浩擊下，而是朝著那堵牆。「磅、磅——」沉重的悶響迴盪在充滿腥臭味的地下室。隨著水泥碎片一塊塊掉落，裸露出的鋼絲和黑色的長髮也愈來愈多。

咚一聲，敏怡手上的鐵鎚掉在腳邊，她怔怔地看著牆，努力搜尋十幾年前的記憶。不，不對，怎麼會呢？那女人的頭髮，怎麼會這麼長？

牆裡埋著一顆皮肉早已乾癟脫落的人頭，上面緊緊附著當初封牆用的水泥，但是頭皮的部分——頭皮上的長髮如同大樹根部般蔓延著，穿透了水泥牆，宛如一張蛛網似牢牢抓住整面牆壁。

敏怡瞇起眼，她還記得，賣菸的阿姨死的時候，頭髮不過才到肩膀而已。此刻的敏怡根本無暇理會倒在地上，頸動脈已被長髮割斷，鮮血流淌一地的誠浩。敏怡輕輕移動步伐，來到人頭前。

敏怡十分專注地審視著賣菸阿姨的人頭，她還記得媽媽把阿姨的頭切下來時，那阿姨明明就是一頭短髮，短髮……敏怡沉思著——其實，與其說是沉思，不如說她正在發呆，腦袋裡不停閃過十幾年前那個下著大雨的夜晚——

敏怡似乎完全被回憶控制住了，她完全沒有注意到原本割裂誠浩頸部的那束黑髮不知在何時已經放開了誠浩。誠浩的頸子看起來像被利刃切碎似的血肉模糊，他張大了嘴，雙眼翻白，空氣自傷口直接進入氣管之中，微細如蟹眼般的血色氣泡在切口旁滾動起伏。

而那束黑髮，彷若充滿生命的小蛇，很快地移動著，一下子就來到敏怡的腳邊，接著，爬上了敏怡的小腿。

「啊、啊？！」敏怡回過神，低頭看著被黑髮密密纏繞的小腿，開始了，一陣陣被割裂的痛苦開始上湧，「這是怎麼回事……不，不！」

黑髮極細，似乎擁有自己的意識，不停地在敏怡身上留下血線，而且──那束黑髮正怪異地蠕動著，似乎想要進入敏怡的身體裡！

敏怡發狂地拉扯著那些似乎愈來愈多的黑髮，她每拉開一點，新的黑髮又密密麻麻地纏上了原來的位置。「走開！走開！」敏怡終於感到恐懼，她想甩開那些恐怖的頭髮，但她和誠浩一樣，根本無能爲力！

活生生的，那些頭髮爬著、蠕動著，一下子就竄上了敏怡的頸子，但這次不一樣，黑髮並沒有割裂敏怡的喉嚨，而是趁著敏怡不停尖叫哭嚎時沿著敏怡的雙頰鑽進了敏怡的口中……

頭髮，全部都是頭髮。尖銳的頭髮如同生物般瘋狂地往敏怡的嘴裡進攻，一絲絲長髮在所經過的嘴唇和口腔留下微細但極難受的傷口，彷彿吞下了帶刺的鋼絲，變得銳利的頭髮一方面用髮絲吸取敏怡的血，一方面往她的體內亂竄著，進入了她的血管之中。

「呃、呃……」最後敏怡已經無法動彈，不停增生的黑髮已經塞滿了她的身體，頭髮隨著血液流動，同時劃破了她體內每一吋沒有皮膚保護的柔軟肌肉——

「嗤！」地一聲。

幾絲黑髮從敏怡的耳中飛射而出，伴著腦漿和濃稠的血。接著，敏怡的雙眼突然變得血紅一片，密密麻麻的紅色小血點在眼球表面迅速增生，終於，一根長髮由內而外刺穿眼球！如同蜂擁而上的大軍般，一束束黑髮不停自眼球冒出，不停，冒出……

「敏怡，敏怡……妳忘了嗎？妳忘了那天晚上，妳媽媽在把我的頭砍下來之前，我對妳媽媽說過什麼了嗎？」一陣瘋狂的笑聲自牆中傾洩而出，「敏怡！讓我來提醒妳……我說過，我要詛咒妳們全家……妳們世世代代的女兒都一樣，都會一樣……妳的媽媽，還有妳，還有妳的女兒，一代接著一代……背叛和死亡會永遠跟隨著妳們！」

在地上痛苦掙扎的敏怡耳裡根本沒聽到這些聲音，敏怡就像是從海裡被捕上來的大魚，因爲脫離水面而痛苦地垂死掙扎，彈跳著身體，用盡全身的力氣仍無法逃過死亡的命運。

「喔，看看妳的臉……好可憐，被頭髮割成碎片啦！哈哈哈哈！這就是我的復仇，永遠不會結束的復仇……妳別擔心，安心下地獄去吧……我會守護著妳的女兒，讓她平平安安的長大，讓她遇見完美的男人，然後再讓她跌進地獄裡！」牆裡只剩黑髮的白骨彷彿露出了得意的笑容，下巴動了動。

這場女人間的戰爭，

恐怕永遠都不會完結。

□

不知道爲什麼，佳佳從那天開始，語言障礙和自閉的傾向完全消失了。雖然醫師們認爲很有可能是因爲過度驚嚇造成的反向結果，但誰也不想提那件事。

那是在犯罪史上少見的殘忍手法。

佳佳的媽媽身上有著無數細微的長型傷口，連體內的內臟和腦部也像是被倒入長針之後攪拌似的慘不忍睹，還有佳佳最喜歡的誠浩叔叔也是，脖子被割裂，推測兇器是一種前所未有的材質，一種極細極鋒利的線。

至於受到過度驚嚇的佳佳，是在主臥室的雙人床床架裡被找到的。那張雙人床可以將床鋪掀開，在床下放置大型的收納箱和寢具衣物，空間很大。像佳佳這樣體型的小女孩，可以放得下兩個。

一開始是因爲警方聞到了臭味，排泄物的味道，所以才把床掀起。被困在床架裡的佳佳渾身發臭，身上全都是自己排泄物的味道。周大維和郭組長眞的沒想到，這世界上竟然會有人做出這麼殘忍的事。

女警替佳佳洗了澡，換了衣服，吹乾頭髮，並帶來一杯熱可可。佳佳瑟縮在角落，手不停地顫抖，連杯子都拿不好。

周大維從門上的玻璃往房內看。眼前這個小女孩，恐怕是唯一知道所有眞相的人。可是，要問她這些謀殺案的細節，對一個小學生來說，未免有些殘忍。看來，她恐怕要接受長期的心理治療才行。

「周督察。」郭組長走了過來，「袁佳佳怎麼樣了？」

「看起來短時間之內，可能沒辦法問話。」

郭組長點點頭，但似乎不太在意，他好像還有事要說，欲言又止。周大維看了眼郭組長的臉色，轉身看著郭組長。

「怎麼了，什麼事？」

「這份文件，你有空可以看看。」

「什麼文件？」

「剛剛我從老徐那兒拿來的。羅敏怡的資料，很值得一看。」

「值得一看？」周大維聞言立刻拆開文件袋，「羅敏怡的父親，羅文昌——這個名字好像有點熟——等一下，好像——跟十幾年前的一起分屍案有關！」

郭組長點點頭，「沒錯。我們在羅敏怡的住處找到了當年分屍案時，一直找不到的羅文昌和情婦吳美妍的頭。」

「看來，羅敏怡大概是受了當年她媽媽的影響……」

「或許是吧。」

周大維再度看了眼房間裡的佳佳，

他隱約有種不祥的預感。

□

過了大約一星期，女警帶著玩具來到社會局臨時收容中心探望佳佳，一方面也是想看看能不能問出些什麼。她陪佳佳玩了好一會兒，才開始試探性地問話。

遊戲室裡陽光明亮，佳佳和女警坐在兒童用的小桌子和小椅子上，亮黃色的桌面上放著拼圖和一些玩具。佳佳把她最喜歡的大白兔放在桌邊，不過大白兔現在看起來髒兮兮的，沒以前那麼可愛了。

女警笑容可掬，「佳佳，最近好一點了嗎？」

「嗯。」佳佳動了動嘴唇，已經多年沒有開口說話的她，聲音卻出奇地清晰。

「可不可以告訴阿姨，是誰把妳關在床下的？」

「是……是媽媽……她說我不聽話。」佳佳揉揉眼睛。

「什麼？」女警嚇了一跳，「眞的是妳媽媽把妳關在床下嗎？」

「……她說我太壞了，不聽話，我不應該不聽話的。」

「她把妳關進床鋪下，然後呢？」

「然後我一直哭，可是媽媽沒理我……過了很久，我睡著了，頭很昏……然後，我聽見媽媽和誠浩叔叔的聲音，床一直搖，很吵，搖得我頭都快痛死了。後來我在床裡面蹬腳，但媽媽和誠浩叔叔都沒聽到。過了很久很久，媽媽跟叔叔都睡著了，我也是。」

「後來呢？」

「後來媽媽跟誠浩叔叔都不見了，沒人理我，我想出去上廁所，可是推不動床，好重。不知道又過了多久，才有人把床掀開。」佳佳托著腮，「警察阿姨，我媽媽呢？」

女警不知道該如何回答，她的腦海裡正想像著佳佳所描述的畫面：母親和男人在床上翻雲覆雨，女兒則被關在床墊正下方的床架裡，感受整張床不停地搖晃著……

□

十二年後。

寒風吹拂著佳佳的臉，怕冷的她把大衣拉得更緊，手也放進了口袋中。她一面推著嬰兒推車，一邊和迎面而來的鄰居太太打招呼。

「唉唷，好可愛！」鄰居陳太太蹲下來，逗弄著嬰兒裡的寶寶，她抬頭向佳佳一笑，「張太太，妳女兒眞可愛，眼睛好大，好漂亮！」

佳佳笑著回應，「謝謝。」

「對了，妳家裡最近常常有客人，是不是有親戚來玩啊？」陳太太問道，「是位年輕小姐，對不對？」

佳佳笑容未減，「對啊，我表妹到我家來住幾天。」

陳太太呼了口氣，「我就說嘛！」

「怎麼了嗎？」

「沒什麼啦。就是樓下的周太太說看到妳老公最近常常在白天載一個年輕小姐回家——唉唷，妳知道，周太太就是唯恐天下不亂，老是愛說八卦，她就亂說，說妳老公一定是趁妳上班的時候帶外遇對象回家。結果妳看吧，周太太眞是亂講話，明明就是妳表妹嘛！」陳太太一臉討好，「不過，張太太，妳還是要看緊妳老公，像妳老公人長得不錯，又很有錢，身邊一定有狐狸精會自動送上門。」

「呵呵，是呀，我會好好看住他的。」佳佳蹲下，看看女兒後站直身體，「天氣好冷，我還是帶女兒先回家了。改天再聊吧。」

「好好好，再見啦。」

深深吸口氣，佳佳把嬰兒車轉了個方向，慢慢往家的方向移動。我老公，也是那種人嗎？偷偷帶女人回家的下流男人，是這樣嗎？佳佳在心裡重複問著自己。

雖然剛剛不動聲色，甚至還爲了面子說出什麼「表妹到我家住」這種謊話，但是佳佳的心如同燒著滾油的爐灶，一直不停地翻滾著，懷疑與怨恨的氣泡飛騰著。如果是眞的，那該怎麼辦？該怎麼辦呢？

佳佳無法控制，媽媽的臉和爸爸的臉重新從被刻意淡忘的記憶深處浮現，佳佳還記得媽媽的處理方法；聽說，外婆也一樣。

「張太太，妳好。」管理員福伯向佳佳打招呼。原來不知不覺中，已經回到家門口了。

「您好。」佳佳微笑，推著嬰兒車走進了電梯。

福伯從櫃台後探頭目送佳佳推著嬰兒車進入空無一人的電梯，電梯門關上後他才坐回自己那張老舊的藤椅。櫃台的一側擺著好幾台監視器，除了電梯那台之外，其他台都按照樓層順序不停地切換畫面。

沙、沙、沙沙——

電梯的監視器突然不太靈光，畫面抖動著。

「這老機器又怎麼啦？」福伯按照以往的方法，大力拍了拍監視器螢幕。

「這、這是……」

監視器畫面裡可以清楚看到電梯內部。佳佳獨自一人推著嬰兒車，似乎在想些什麼事。但是那影像有點怪……從畫面看起來，佳佳的肩膀以上好像出現了雙重疊影，使她的頭看起來像是兩個。

福伯呆呆地盯著畫面。不對呀，即使是殘影，張太太的頭髮也不可能突然變長那麼多呀——不，不會吧？！福伯張大了嘴，簡直不敢相信自己的眼睛——

畫面裡的佳佳低著頭沉思著，但是她的肩膀上停著另一顆長髮的人頭，並且緩緩抬起臉，對著監視器微笑。

「我說過，我要詛咒妳們全家……妳們世世代代的女兒都一樣，都會一樣……妳的媽媽，還有妳，還有妳的女兒，一代接著一代……背叛和死亡會永遠……」

死神遊戲

楔子

我有五個小娃娃，一個吊死一個傻，
一個跳舞跳不見，兩個捉對玩廝殺，
我有五個小娃娃，老舊骯髒好邋遢，
拆下身體再組合，又是五個新娃娃。

死神在紙上寫下這些字句，又加上了五個人名，在簽上了慣用的綽號之後，將紙摺成漂亮的心形，放進玻璃瓶中，用軟木塞塞上，再將瓶子放進包包裡。

死神並不打算把這個玻璃瓶扔進海裡，然後等待某個名偵探撿到瓶子，宣佈破案。死神就是死神，不是無聊的謀殺罪犯，死神的計劃不需要動機，只需要結果。

那就是——

死亡。

01．密室的夏天

位於台北市近郊的D大是所古老的學校。雖然是私立大學，但是師資不錯，在北台灣的私立大學中儼然居於龍頭地位。

最近，D大的新校園剛剛落成，除了山明水秀的環境外，每棟建築物也都十分美麗，極有特色。而新校園的落成，也使得學校裡的某位正妹，成了風雲人物。爲什麼呢？因爲這位正妹的父親，就是新校園的地主。

長得不但漂亮，而且家裡有錢到了極點。她可以說是男生的夢中情人，同時也是女生做夢都想殺死的敵人。

不過，她自己並沒有意識到這些事，此刻的她仍舊開開心心地坐在社團辦公室裡，捧著一大盒從法國帶回來的巧克力，請社團成員們試吃。

「喔喔，眞好吃～」第一個捧著臉發出讚嘆聲的豐滿女孩是柯白莎。

長相斯文英挺，臉上戴著無框眼鏡，帶著靦腆書生氣質的男孩是十津川，「嗯，眞的很好吃。」

凱薩琳把盒子遞給坐在窗邊，看起來彷彿是位搖滾樂手的男孩，「奧古斯塔，你也來試試吧。」

奧古斯塔聳聳肩，「我一向對甜食沒興趣……不過，看在凱薩琳妳的面子上——好，那就來一塊吧！」

「呵呵，夏洛克和瑪波，你們也吃一點嘛。」凱薩琳向坐在角落忙著下西洋棋的一男一女說道。

夏洛克抬起頭，反應有些冷淡，「不用了，你們吃吧。」

「那，瑪波？」

瑪波好像有些猶豫，但她還是伸手從盒子裡拿了一塊，「謝謝。」

這是推理研究社『埃德加』的社辦。『埃德加』是創社社長取的名字，爲了紀念推理之父埃德加．愛倫．坡。也就是從那時開始，埃德加的所有幹部們，都以推理小說裡神探名字，來當作自己的綽號，這是向名作家綾辻行人致敬。至於其他社員們，時常以推理作家的名字或者有名的推理小說書名來當作自己的綽號。

社長的綽號是「十津川」，來自西村京太郎系列小說裡的警部。

副社長「凱薩琳」是山村美紗筆下的美豔偵探。

負責管理社團經費的「柯白莎」，則是史坦利．賈德納系列作裡的女偵探。

另外還有「奧古斯塔．杜邦」，史上第一位名探，出自愛倫．坡的小說。

「夏洛克・福爾摩斯」，是柯南・道爾創造出來，連小鬼都認識的超級名偵探。

而另一位小姐「瑪波」，是謀殺天后阿嘉莎・克莉絲蒂所寫出的歐巴桑神探。

「對了，大家暑假有什麼打算？」十津川說道，「八月底在東京有辦一場本格推理聚會《密室的夏天》，我有點想去參加耶。」

柯白莎眨眨眼，「我也想去啊，可是沒錢。」

「柯白莎說到重點了。」奧古斯塔從窗台上跳下，走在十津川身邊，「社長大人，你的旅費都準備好了嗎？」

「坦白說——沒有。」十津川無奈一笑，「只能夠拚命打工賺錢吧。」

柯白莎沉思著，「不過，《密室的夏天》報名就快截止了，如果再不報名就會錯過；但如果報了名到最後旅費還是不夠的話，那就麻煩了。」

凱薩琳把大家的表情看在眼裡，她輕鬆笑道：「哎唷，幹嘛想那麼多？！我跟我爸爸說一聲，這樣我就可以先幫大家出錢啊。」

「喔喔，這樣也不是不行。反正我們現在也站在凱薩琳家的土地上。」奧古斯塔語帶諷刺。

十津川用手肘推了推奧古斯塔，「不要這樣。」

「沒關係啦。」凱薩琳不以爲意，「奧古斯塔就是這種個性，我知道。」

「對呀，要不然怎麼會取名叫『奧古』。」說到「奧古」時，柯白莎故意用閩南語發音，惹得大家一陣笑。

□

D大新落成的校園裡，有家露天咖啡座進駐。在滿是濃蔭的大樹下，享受著陽光和一杯香醇的咖啡，實在是一大樂事。

凱薩琳很喜歡這家露天咖啡座。她雖然主修法律，但卻一直想經營咖啡店。她甚至連店名都想好了，店名會叫：「莫格街」。噢，那是凱薩琳最喜歡的一篇推理小說——〈莫格街兇殺案〉。

正當凱薩琳快喝完杯中的卡布奇諾時，放在小圓桌上的手機響了起來。她隨即接起。「喂？嗨！怎麼會突然打電話給我……嗯，嗯哼……對呀！這麼說來……好，好，我來想辦法！沒問題的啦，我也覺得這樣不錯……呵呵！好啊，包在我身上。」

結束通話後，凱薩琳按著手機，開始了另一通電話。

□

「嘿！」

「哇，嚇死我了！」柯白莎捂著胸口，「十津川，你夠囉，你明知道我的心臟不好。」

十津川馬上道歉，「我沒想到妳這麼容易被嚇到……Sorry啦。」

「哼。我要跟你絕交三分鐘。」柯白莎故意轉過頭去，仔細看著教官室外面公佈欄上所貼出的打工資訊。

「哎唷，別這樣嘛，名偵探柯白莎！我等一下請妳喝下午茶，怎麼樣？」

「哼哼哼。」

「而且還幫妳寫通識課的報告，如何？」

「哼哼哼哼哼。」

「好！除了下午茶和報告之外，我還會送妳一個小禮物，這樣總可以了吧？」

「嘿，這可是你說的唷。」柯白莎笑了。

「……有沒有看到什麼好工作啊？」十津川一面搖頭，一面問，「我也急需工作啊。」

「我才剛過來呢……」

「耶？妳有沒有看到這個？」十津川指著公佈欄左上角，用圖釘釘住的一張徵人啓事。

「……那麼高，我哪看得到？」柯白莎不滿地嘟起嘴。

十津川身高直逼一百九十公分，輕而易舉就摘下圖釘，拿下那張徵人啓事。他唸道：「誠徵：四至六名，身強體健，男女不拘。工作天數：一週。地點：宜蘭。工作內容：清潔掃除。薪水：每人日薪一千五百元，供膳宿。」

柯白莎搶過徵人啓事：「一千五乘以七，這樣就有一萬零五百了耶！自己再加個幾千塊，這樣就可以去東京參加《密室的夏天》了！耶！十津川，你眼力好棒！」

「哈哈，沒有啦。」十津川傻笑，「對了，上面說要四到六個人，我們去問問看奧古和夏洛克他們要不要一起去。」

「好啊……」柯白莎這時突然露出退縮的表情，把啓事還給十津川，「可是，我……」

十津川很了解柯白莎在想什麼，他拍拍柯白莎的肩，「到時工作如果太累的話，我跟奧古一定會幫妳的啦。」

「不要，這樣我還得分錢給你。奧古是不會收我的錢，可是你的話——」

「喂！柯白莎！」

「好啦，開開玩笑嘛。不過，我眞的有點擔心就是了，上面說要身強體健耶……」

「妳別想太多了，我們還不見得能被錄取呢。」

「啊，也對。」柯白莎點點頭，「眞不愧是理性的好青年啊。」

「還理性的好青年咧……」

十津川和柯白莎從大一就認識了。說起這兩人的相識，其實很適合當作文藝愛情電影的開頭：

一名俊俏花美男在下大雨的某個夏日午後匆匆走進一家咖啡館，就這樣和一名外帶低脂拿鐵的恐龍妹在玻璃門前相撞。兩個人互道抱歉，然後撿起各自的小說，擦肩而過。然後俊俏花美男點了杯美式咖啡後，在小圓桌旁坐下時才發現，拿錯了小說。同樣的作者，同樣的書，甚至相同版本，但是在扉頁上的簽名顯然不是自己的名字。之後，在校內的BBS上，花美男找到了拿到自己小說的恐龍妹……

不過，接下來就不是愛情故事了。柯白莎是個對愛情沒有知覺的遲鈍恐龍妹，即使十津川再怎麼暗示，她還是毫無知覺。但——十津川就是喜歡她這一點吧，他總是覺得這樣的柯白莎確實很可愛。

反正，情人眼裡出西施嘛。

□

「這是陷阱！」奧古斯塔，簡稱「奧古」，如是說。

「會嗎？陷什麼阱啊？」瑪波讀完徵人啓事，看了眼十津川，「十津川，你要去應徵嗎？」

「啊，其實我把大家都算進去了，正好五個人。」十津川說道：「我、奧古、夏洛克三個男生，瑪波和柯白莎兩個女生，這樣剛剛好。」

夏洛克聳聳肩，「被奧古一說，我也覺得好像是陷阱，你們看，人數和金額，不都很符合我們的需要嗎？」

柯白莎坐在桌邊，單手托腮，「那很簡單，想去應徵的人就去，不想去的就不要去。啊，我好像是在說廢話。」

「奧古，你怎麼想？」夏洛克問。

「我會去應徵啊。」奧古斯塔還是一派輕鬆不屑的表情，「也許這是個陷阱，但我不覺得有任何動機存在。」

「動機啊……」瑪波想了想，「犯罪總是需要動機的。」

柯白莎從瑪波手上拿回啓事，「你們想好之後再打電話給我好了，我要先走了。」

「妳不是沒課了嗎？」十津川問道。

「是沒錯，可是我想去逛書店呀。」柯白莎轉向奧古斯塔，「奧古……」

奧古斯塔沒等柯白莎說完，就從窗邊跳起來，「走吧走吧，我今天有開車，妳要去哪我都送妳。」

「哈哈，奧古斯塔，我最喜歡你了。」

「柯白莎妳眞是夠肉麻的了。」瑪波哼了哼。

「等一下，柯白莎。」夏洛克搔搔後腦，「把我算進去吧。」

柯白莎笑著點點頭，她轉身看著瑪波，「喔，親愛的瑪波小姐，現在只剩妳一個人囉……」

十津川鼓吹道：「瑪波，名探們的暑期打工，妳要是不參加，那可就遜色了。」

「……如果我也參加的話，那凱薩琳……嗯，我想千金大小姐是不需要暑期工讀的，對吧？」

柯白莎聳聳肩，「妳以爲十津川爲什麼一開始沒把她算進去……總之，這樣就OK了。那應徵的事，我和十津川會一起處理的。」

「我們先走了！」奧古斯塔打開了社辦的門，率先走了出去。

等柯白莎和奧古斯塔離開後，夏洛克走近十津川，拍拍他的背。這個動作看在瑪波眼裡，覺得有點怪。夏洛克的動作代表什麼意思，還有，十津川拿來的啓事看起來確實不太對勁，可是問題在哪裡，瑪波一時也沒有深究。

管他的，反正能夠跟喜歡的對象一起工作整個星期，而且還少了個惹人厭的凱薩琳在周圍打轉，這應該算是一件好事吧。

□

凱薩琳一如往常坐在露天咖啡座裡，她手上拿著一本《殺人十角館》。在孤島上接連被謀殺而死的故事類型被稱作「暴風雨山莊」。這是她最喜歡的推理小說類型了。

清脆的「叮」一聲，凱薩琳的手機螢幕顯示出一個小小的信封圖案，有新簡訊。她放下小說，把簡訊讀完。

「很好。」凱薩琳的嘴角浮起微笑。「接下來該我出馬了。」

02．妙主婦家庭管理

位於敦化南路上一棟商業大廈裡，有間小企業「妙主婦家庭管理顧問股份有限公司」。刊登徵人啓事的就是這家小公司。這天上午，十津川、柯白莎、奧古斯塔、夏洛克和瑪波小姐一行人浩浩蕩蕩地前來應徵。

這家公司門面不大，但是櫃台小姐倒是長得不錯，嗓音甜美，她請大家進入會議室後便離開了。

奧古斯塔拿出菸，正準備點上，卻被柯白莎一把搶走，「親愛的奧古，這裡禁菸。」

「囉嗦死了。」奧古斯塔皺眉，他在會議室裡踱步，用指尖輕拂過角落的文件櫃表面。

柯白莎見狀，問道：「乾淨嗎？」

奧古斯塔亮出手指，「非常乾淨，而且不潮濕。」

夏洛克點點頭，「看來這家叫什麼妙主婦的公司不是幌子，是眞正的清潔公司。」

十津川笑道：「有誰會爲了把我們五個人推進陷阱，來演出這場高成本的戲碼？」

「很難說喔，搞不好凱薩琳就會。」柯白莎吐吐舌頭。

「妳唷，反正有什麼需要花錢的事，妳都推到凱薩琳頭上。她才沒那麼無聊咧。」奧古斯塔說道。

一直沒開口的瑪波小姐，這次倒是贊同柯白莎的意見，「嗯，我覺得柯白莎說的很有可能。凱薩琳也許是想幫助我們，又怕我們不好意思接受。」

瑪波小姐的話剛說完，大家還來不及表達意見時，有一位年紀約三十五、六歲左右的男子走了進來，他穿著不起眼但十分潔淨的西裝，手上拿著一些文件。

「各位都是要來應徵短期工讀的嗎？」男子向大家點點頭，「我姓劉，是負責應徵的人事主任。來，各位請坐吧。」

簡短的寒暄結束後，劉主任發給五人各一張工作說明事項。在大家開始閱讀時，劉主任開始解釋這次的工作。

「本來我們打算一個個應徵，不過既然幾位同學約好了，那讓你們一起去也可以。不過有幾項事情要事先說明。第一，要打掃的地方在宜蘭外海的一座私人小島上，是一棟很久沒人住過的別墅。第二……」劉主任猶豫了一下，「這棟別墅在很多年前發生過意外，所以打掃起來比較麻煩。第三，那座島上有水，但是由於設備問題，晚上八點過後供電的地方會變少。第四，在座的兩位小姐，妳們確定體力可以負荷嗎？雖然徵人啓事上寫男女不拘，不過那是因爲勞基法的規定，不能有性別歧視。這份工作其實很累人喔。而且要去外島住一個星期，妳們的父母會同意嗎？」

柯白莎想了想，「我沒問題。」

瑪波本來有點退縮，但是她並不想放棄這個機會，「我也沒問題。」

「那就好。」劉主任說道，「老實說，一起應徵五個人方便多了，我本來還擔心人數湊不夠呢。畢竟現在大學生很少人願意做這種厭惡性行業了。」

夏洛克開口問道：「請問，您說打掃起來比較麻煩——這是什麼意思？」

劉主任一臉被問倒的神情，他無奈地說道：「意外剛發生時雖然找了專業清潔人員打掃過，但不知道爲什麼，房子裡還留下不少……呃……」

「血跡？」奧古斯塔這一接話，大家全都心裡有譜了。

劉主任尷尬地點點頭，「本來這次也打算找專業清潔人員過去，不過時間上都不湊巧，我們的人力嚴重不足，所以才貼出徵人啓事。同學，你們考慮清楚，不要到了島上才吵著說很恐怖要回來。」

「那裡是不是眞的很恐怖啊？」柯白莎問道。

「啊，對了，這裡有照片。」劉主任從文件夾裡拿出幾張照片。

第一張照片裡是一棟幾乎快要被雜草和各式植物淹沒的別墅，看來眞的很久沒人去過了。第二張照片是屋內的某個房間，牆上和地上都有已經完全乾涸變色的血跡。之後的幾張照片也都是如此，看來以前這裡應該發生過命案。

「感覺好陰森。」瑪波忍不住說道。

劉主任點點頭，「去拍回來的同事也覺得有點恐怖。所以，我希望你們考慮清楚，一旦答應就不要後悔。」

十津川看著照片，「徵人啓事上說有供膳宿，那——」

「公司會替同學們準備食物，還有睡袋。」

「睡袋？所以要睡在這棟晚上電力不足但是鬼魂倒是很多的恐怖別墅囉？」奧古斯塔露出了難得的笑容，「眞有意思。」

劉主任臉色更尷尬了，「沒有，沒有什麼鬧鬼的事，同學你想太多了。」

「夏洛克、十津川、柯白莎……還有瑪波，怎麼樣？我是會去啦，你們呢？」奧古斯塔問道。

十津川是第一個點頭的人。接著是夏洛克和柯白莎，最後，瑪波小姐當然也同意了。劉主任見狀，便從座位上起身，要帶領大家去倉庫。

這份工作也是需要職前訓練的。至少要懂得如何正確使用清潔劑和掃除工具。在公司裡花了不少時間，隨著劉主任的介紹和職務說明，大家似乎愈來愈進入情況了。

□

死神獨自坐在公園中的長椅，靜靜望著噴水池激起的水花點點。死神沒想到今天在清潔公司面試時，竟然發生了始料未及的大漏洞，然而卻也沒有任何人發現，莫非這是天意嗎？

計劃永遠趕不上變化，

死神想，

似乎真是如此。

□

期末考一結束，十津川就邀柯白莎一起去購物。彷彿要去露營似的，兩人在百貨公司裡不停討論著，該買什麼不該買什麼。

「喂，你真的要買這個嗎？」

「這可是豪華野戰專用手電筒呢，妳看，還附有收音機功能唷。」

柯白莎嘆口氣，誇張地搖搖頭，「你這個人——像你這種購物法，恐怕賺來的錢還不夠付今天買的東西呢！這樣怎麼去日本？」

「啊，對喔。」

「笨蛋十津川。」

「嗯哈哈，找妳來果然是對的，幸虧妳阻止我。」十津川笑著，把手電筒放回展示架上。

「……喂，有個八卦我一直很想問你。」

「八卦？」十津川好奇地看著柯白莎，「什麼八卦？」

「你眞不知道還是假不知道——據說，凱薩琳其實一直很喜歡你耶。」

十津川一愣，他覺得柯白莎眞的是有夠遲鈍。這算什麼八卦，這是大家都知道的事啊……而且奧古斯塔和夏洛克都知道，十津川之所以拒絕凱薩琳，是因爲眼前這個少根筋的柯白莎。

「喂，你在想什麼？幹嘛不回答……」柯白莎追問。

「我不知道怎麼回答才好。」十津川實在很想回答：我可是因爲妳才拒絕了美豔的千金大小姐凱薩琳。但他還是忍了下來，只是淺笑，「反正，我跟凱薩琳是好朋友，我們之間只有友情，不可能在一起啦。」

柯白莎一臉終於弄懂的表情，「那，這麼說起來，我跟你也是好朋友，所以如果我向你表白，這樣也不可能囉？嗯，我知道了。唉，虧我還覺得如果要找男朋友的話，你是個不錯的人選呢。唉！」

「喂喂，妳在說什麼？妳是認眞的嗎？哎唷，其實我不是這個意思啦！等一下，柯白莎，喂！妳要去哪裡呀?!」

□

瑪波小姐的主修是圖書資訊管理。她的年紀比同學們都稍長一點，因爲她從別間學校被二一之後，又過了好幾年才重考。瑪波小姐身高大約一百六十六公分，長相平凡普通。

不過，她十分厭倦當個普通人。所以她重新回到校園後，就開始不停地增強自己的能力，瑪波小姐最討厭的就是天生很有能力、很有才華的人。她總覺得這些人的存在很刺眼，也老是打擊到她的自信。

在推理社《埃德加》裡，瑪波小姐最討厭的兩個人就是柯白莎和凱薩琳。事實上，要說討厭，還不如說是妒嫉。柯白莎長得並不漂亮，如果嚴格來看的話，甚至可以把她歸到「恐龍」那一類。但，不知道柯白莎有什麼特殊的辦法，她就是能和所有男生們打成一片，她就是有辦法受到男生的欣賞。

瑪波小姐不知道在心裡悶了多久，一想到柯白莎，她的內心就會湧出一句話：「她憑什麼！」的確，柯白莎主修的是植物病蟲害，超冷門，而且她的成績不怎麼樣。

問題是，瑪波總是拒絕去理解柯白莎眞正受歡迎的原因。面對柯白莎時，瑪波總是用自己的標準來嘲笑柯白莎。

至於凱薩琳——那只能說情敵相見分外眼紅。瑪波自認有資格可以批評柯白莎，但是對於如同女神般的凱薩琳，瑪波除了認輸之外沒有其他辦法。而瑪波，也就最怨恨這一點。

如果情敵是一名完美的女人，

那麼自己能怎麼辦呢？

瑪波也曾經想過，在暗處偷偷喜歡夏洛克就好，可是，情感就像氣候，永遠無法受人控制。隨著喜歡夏洛克的心愈來愈強烈，凱薩琳的存在對瑪波而言，也愈來愈像一道高聳而無法跨越的牆，牆之後，是瑪波鍾愛的夏洛克。

所以，即使這次的打工內容是清掃那棟令人作嘔的凶宅，瑪波也打算硬著頭皮，和大家一起去。

不過，要怎麼樣才能讓夏洛克的雙眼停留在自己身上呢？瑪波苦思著。對於老處女瑪波而言，這很困難，非常困難。甚至比解開密室殺人之謎還要難上幾百倍。

而且，最近瑪波一直有種說不出口的奇怪預感，似乎這打工之旅，會發生些什麼怪事。

誰知道呢？

這時，瑪波的手機響了起來，她用的鈴聲是動畫主題曲，奧古斯塔總是說，會用這種鈴聲的傢伙就是那種外表冷靜但內心幼稚無比的傢伙。哼，奧古斯塔，自以爲是的傢伙。

「喂，我是瑪波。」

「我是夏洛克。柯白莎要我通知妳，出發日期訂好了。」

「喔？什麼時候？」

「下星期一早上七點，大家在台北車站大廳碰面，一起坐火車去宜蘭。火車票十津川已經買好了，到時再給他錢就行了。」

「好，我知道了。啊，對了，夏洛克——」瑪波感到很緊張，心跳不已，「你去買東西了嗎？我是說，去島上要用的東西……」

「喔，還沒啊。我待會兒才要去。我跟柯白莎約在百貨公司，要一起來嗎？」

該死的柯白莎！瑪波故作鎮靜，「不用了，我已經去買好了。只是想說順便提醒你。」

「這樣啊，謝啦。那下星期一見囉。」

「OK，Bye－！」

柯白莎還眞是有一套，平常幾乎不太和夏洛克說話，可是這次卻要和夏洛克一起去購物……難道十津川被甩出局了嗎？眞是沒天理！像十津川那樣的大帥哥，怎麼會這麼沒眼光呢？

不公平！太不公平了。

瑪波憤憤不平地坐在床鋪上，

煩悶地看著手機，

又看看狹小的房間，

怎麼會這樣呢？

自己好像是個失敗者……

一個永遠只能渴望卻無法獲得的失敗者。

03・島

星期一上午天氣晴朗。柯白莎因爲前一晚緊張過度失眠，所以一上車就開始呼呼大睡。十津川、奧古斯塔和夏洛克三人各帶來一本推理小說，在火車上臨時開起了松本清張[1]讀書會。而瑪波小姐則是捧著宮部美幸的書，默默地啃著。

一路上旅途都十分平順，除了剛睡醒的柯白莎搶走奧古斯塔便當裡的排骨，引起一陣騷動外，可以算得上是既平靜又愉快的旅程。

到達宜蘭小車站後，清潔公司派來的司機已經在等了。胖胖的司機很親切，自稱「熊寶」，長得有點像是年輕時的電影明星洪金寶，看起來還不到三十歲，似乎是當地人，開著一輛七人座的休旅車，對路況十分熟悉。

熊寶一面開車，一面說道：「你們有沒有帶收音機啊？那裡沒電視也沒網路，想要知道最新消息就要靠收音機喔。」

「有，我有帶。」柯白莎說道，「而且還帶了一大盒電池。」

---

[1] 松本清張，日本推理界社會派大師，作品多部被改編爲電視及電影，代表作有《天城山奇案》、《砂之器》、《點與線》，在台灣亦擁有衆多忠實讀者。

「那就好！吃的東西已經先運過去了。因為電力不足所以沒有冰箱，現在又是夏天，所以我們準備的全都是罐頭還有泡麵，只有一個星期，你們就忍耐一點吧。」熊寶很熱情，又說道：「島上手機好像也收不到訊號，所以你們要好好互相照顧。」

奧古斯塔問道：「那裡有普通的市話嗎？」

「以前是有啦，現在我不知道還能不能用。」熊寶不好意思地笑笑，「清潔工具也都已經運到島上去了，有除草機，但卻是台老式腳踏型除草機。」

「沒關係，我們可都是實力派的。」十津川笑著回應。

就這樣，一行人邊聊邊開車，離開市區後又經過四十分鐘左右的車程，到達了一處極偏靜的小港口。休旅車在港口邊停下，這裡十分空曠，完全沒有停車困擾。港邊停著幾艘漁船，房屋很少，大太陽曬著水泥防波堤，蔚藍的海面浮起陣陣白色浪花，遠處天空一望無際，空氣中夾雜著海水的微鹹氣味。

熊寶帶著大家走向一艘白色的遊艇，在上船前，十津川拿出了相機，大家在船前留影紀念。

那是一張拍得極好的照片。

□

「終於到了！」十津川向柯白莎伸出手，「來，跟著我。」

「不要，人家要跟奧古一起。」柯白莎拒絕，反而緊緊捉住奧古斯塔的手。

十津川嘆了口氣，「那我只好跟夏洛克一起……」

「誰理你啊！」夏洛克做個鬼臉，快步下了船。

島上確實很久沒人住了。但是種種留下的設備和建築物都顯示，這裡以前曾經是有錢人家的度假別墅。雖然荒草長滿了小路和庭院，建築物後方用來停放直升機的水泥地看起來也荒廢了很久，不過氣派的洋房仍然給人富麗堂皇的印象。

熊寶帶著大家走向別墅，他用鑰匙打開了大門上的鐵鏈大鎖，用力推開大門。一股塵封已久的霉味撲鼻而來，女生們不禁皺眉。

熊寶從隨身的小包包裡拿出五副鑰匙，給大家一人一副，「雖然說島上不可能有小偷，不過還是給大家鑰匙，以備不時之需。這裡的發電設備是太陽能的，可是因爲是古老的設備，太陽下山之後的電力明顯不足，所以需要用電的作業最好都在白天進行。」熊寶說著，從包包裡拿出另一串鑰匙。這串鑰匙多達十幾二十把，用一個大鐵環串起，「這是所有房間的鑰匙。不過房間門一向不鎖，但是也同樣交給你們。嗯……只有一串，誰要保管？」

「我不要。」奧古斯塔雙手插在口袋裡。

「十津川，你保管好了。」夏洛克說道，並且從熊寶手中拿過鑰匙，交給了十津川。

十津川感覺手上一沉，「好吧，那就暫時由我來保管。」

「OK，那我就先走了。下星期一中午，我再來接你們。」

「嘿，熊寶兄！」奧古斯塔叫住熊寶，「如果我們提早完成工作……」

「那就把這裡當作你們的度假天堂，好好玩一玩吧！」熊寶笑著向眾人揮手，然後踏著大步離去。

幾分鐘後，熊寶開著遊艇，迅速地駛離小島。

□

十津川和夏洛克帶頭，柯白莎挨著奧古斯塔，瑪波小姐一個人靜靜地跟在最後，五個人就這麼走進了這棟大宅中——

「唔，眞的好臭！大概十幾二十年沒人住了吧……」柯白莎躲在奧古斯塔背後，張望著，「而且好陰森。」

「當然嘛陰森，這裡可是命案現場耶，又不是芭比娃娃的粉紅色小套房。」奧古斯塔說道。

走進大門之後是十分寬敞的大廳，完全歐式風格，大廳正前方有一座Y字形樓梯，分別通往二樓左側和二樓右側。按照熊寶給的房屋平面配置圖，二樓左側和二樓右側各有五間房。

「嗯，接下來——」十津川想了想，「我們先來分配房間，怎麼樣？」

「一人一間，男生一間，女生一間，還是大家都睡同一間？」夏洛克提出了問題。

「這當然要尊重女生的意見。」十津川問道，「柯白莎跟瑪波，妳們怎麼想？」

「我啊，我覺得先看過所有房間再決定好了。」柯白莎說道，「萬一每間房都很髒，那就只好大家一起睡大廳了。」

「柯白莎說得對。」奧古斯塔顯然同意，他率先走上樓梯。

□

雖然並不是每間房裡都有血跡，不過房裡實在是髒得可以。每開一扇門，迎面而來的就是一堆蛛網。除了沒有蝙蝠飛出來之外，這裡簡直和德古拉伯爵住的鬼地方沒兩樣。最後，十津川和夏洛克做出了決定，大家一起睡在大廳——反正有睡袋嘛。

分配完房間之後，男生開始安排工作事宜，至於女生們倒是很有默契。爲了洗個舒服的熱水澡，以及基本的衛生需求，她們決定開始打掃浴室。一樓靠近廚房的地方有間衛浴設備，柯白莎戴上口罩和手套，動作迅速地拿著清潔工具走了進去。

瑪波和奧古斯塔負責清掃大廳——沒辦法，任誰都不想睡到一半時發現與超大蜘蛛共枕。

十津川在附近仔細記錄屋況和分配從明天一早開始的工作，而夏洛克則是在廚房整理食品，安排伙食。

一切看起來都十分順利，直到傍晚時分——

「那是什麼聲音？」

瑪波和拿著抹布的奧古斯塔不約而同抬起頭。剛從洗手間走出來的柯白莎也四處張望著，夏洛克從廚房跑出來，他仔細聽了聽。

「是直升機！」

「直升機？」

夏洛克快步走向大門，「奧古，我們出去看一看！」

「走！」

柯白莎摘下口罩，「直升機……爲什麼不是船呢？」

「我不知道。」瑪波答道。

「喔，哈哈，沒關係，我只是隨口問問——」

沒多久，從大門那端傳來夏洛克和奧古斯塔的聲音。

不只，不只他們兩人，

還有凱薩琳。

「這果然是個陷阱！」奧古斯塔大叫，「各位，主謀從天而降，現身了！」

一身勁裝的凱薩琳走進大廳，笑著打招呼，「別聽奧古胡說，我才不是主謀！我只是一個人在台北很無聊，所以決定來找大家玩。」

「玩？我們可是來工作的，又不是來度假。」瑪波脫口而出。

如果大家知道瑪波此刻懊惱憤怒的心情，就能理解爲什麼她說話如此不客氣。瑪波臉上的表情，彷彿看到自己努力維護的美麗草坪被一頭野豬闖入，破壞殆盡似的。

柯白莎挑挑眉，「凱薩琳，如果不幫忙做事的話就快回去~」

「呵呵，沒問題的！我一定會幫忙。」凱薩琳張望著。

這時十津川正好從二樓下來，他大吃一驚，「凱薩琳？」

「我們美豔的凱薩琳小姐特別來助我們一臂之力。」柯白莎笑道，「好吧！現在是全員到齊了。」

□

入夜之後，夏洛克和凱薩琳爲大家準備了食物。六個人聚在大廳裡，圍成寬鬆的圓圈。吃完飯後，十津川提議來玩遊戲，但是奧古斯塔卻覺得，在發生過命案的凶宅裡，應該要說鬼故事才對。

「咦，眞的要說嗎？這樣很可怕耶。」柯白莎往十津川身邊挪了挪。

十津川微笑，「別客氣，再坐過來一點吧。我會保護妳。」

「喔喔，十津川你改行啦？不當警部改當情聖了嗎？」奧古斯塔抓住夏洛克，「那我負責保護夏洛克好了，嘿嘿。」

「白痴啊你。」夏洛克罵了奧古斯塔一句，同時他的眼角餘光不禁飄向凱薩琳。

「好了啦，從提議的人先開始說！奧古，你提議的，你先開始。」

「嗯——」奧古斯塔想了想，「有家很有名很有名的KTV，他們租下了台北市一棟荒廢很久的大樓。那棟大樓曾經是電影院，發生過大火，之後改裝了，但又發生了火災。後來這家KTV接手後，重新裝潢，營業得還算順利。有一天，柯白莎和凱薩琳——」

「等、等一下！這個故事裡爲什麼有我跟凱薩琳啊？」柯白莎問。

奧古斯塔聳聳肩，「這樣才恐怖啊……好啦，不要吵，接下來就是重點！有一天，柯白莎跟凱薩琳一起去唱歌，兩個人又唱又跳，玩得很瘋。突然！服務生拿著空的托盤推門走進房，他問說是不是需要什麼服務，柯白莎和凱薩琳以爲是自己不小心按到了清潔鈴，跟服務生說對不起，不小心按到了。然後服務生很有禮貌地點點頭，拿著盤子退出房去了。好，結束。」

「喂，這個故事哪裡恐怖了？！」凱薩琳推了奧古斯塔一把。

「恐怖的地方就在於——服務生是從來的地方回去的，而那扇門不是通往走道，而是——廁所！」

「哇呀！好恐怖！」柯白莎抓住十津川的手臂，「奧古你去死啦，幹嘛用我跟凱薩琳當主角？」

「就是嘛，這個故事還挺毛的耶。」

「哈哈，」奧古斯塔雙手一攤，「我說完了，下一個！」

夏洛克這時舉起手，「接下來換我。很久很久以前，有個法國人到中東去旅遊，他在一個富翁家借住，那個富翁有三個太太，長得如花似玉，國色天香。有一晚，富翁臨時有事，到鄉下去處理事情，結果到半夜時，有個女人摸黑偷偷來到法國人的房間，跟他嘿咻。第二天，法國人吃早餐時，本想看看昨夜的女人是三個太太中的哪一個，可是三個太太都不見了。法國人問傭人說，三個太太呢？傭人回答，三個太太帶著侍女們，也和富翁一起離開了。法國人又問，那家裡還有其他女性嗎？傭人想了想，回答說，富翁有個女兒，除此之外家裡沒別的女性了。不過，富翁的獨生女是個畸形，頭頂沒有皮膚和骨頭，軟爛的腦子曝露在空氣中，所以從來不出房間見人。講完了。」

「……夏洛克，你很低級。」十津川說道。

「……所以，跟法國人嘿咻的那個女生，是富翁的畸形女兒囉？」奧古斯塔一臉不在意的樣子，「唉，俗話說得好，有洞就及格——」

「奧古！你比夏洛克更低級。」

「哈哈哈，還好啦，不要這樣稱讚我！」

「沒有人在稱讚你！」

04．是誰幹的

也許是因爲旅途勞累的關係，柯白莎是第一個睡著的。她的睡袋旁是十津川和奧古斯塔。六個人從左到右依次爲十津川、柯白莎、奧古斯塔、夏洛克、凱薩琳，最右邊的是瑪波。

夜裡，瑪波翻來覆去，根本無法成眠。她開始後悔，爲什麼要來參加這次的暑期打工。原本以爲可以和夏洛克接近一點，但結果——凱薩琳——她一出現，夏洛克連眼神都變了。哼，這個世界上如果沒有凱薩琳的話，那該有多好？

在瑪波身邊的凱薩琳也還沒睡著。雖然知道應該要早點休息，明天還有很多工作要忙，可是她怎麼樣也適應不了硬邦邦的地板。

眞要命，還是起來透透氣好了。凱薩琳盡可能輕輕地移動著，她悄悄地鑽出睡袋。大廳裡一片漆黑，她拿起十津川睡袋旁的手電筒，輕輕地走向二樓。

凱薩琳走到二樓左側的第一間房，房門沒關，她小心翼翼地走了進去。房中很暗，但卻十分寬敞，她打開了手電筒，推開通往陽台的門。

夜風凜凜。凱薩琳靠著陽台欄杆，耳裡聽到的是陣陣潮浪拍打岩石的聲音。在月夜下，遠方的海看起來十分寧靜。

這時，一陣平緩的腳步聲傳來。凱薩琳雖然好奇，但卻沒有回頭，反正一定是另外五個人之一嘛。只希望不是夏洛克，她已經厭倦不停要求復合的夏洛克了。感情這種事不能勉強，更何況在夏洛克的身邊，也有暗戀他的——

凱薩琳猛然瞪大眼，她不明白到底發生了什麼事！凱薩琳只覺得頸部一陣疼痛，是繩索！是繩索緊緊地勒住了她的脖子——

接著，腦袋一下子變得不清醒，凱薩琳無意識地朝著半空中揮舞雙手，站在她身後的人用力踢彎她的膝蓋，使她向前跪下，讓繩索往上斜吊。

拉著繩索的人，用力地將繩索綁結牢固，趁著凱薩琳愈來愈無力掙扎時，一鼓作氣把繩索綁在陽台的欄杆上。雖然只是短短的一兩分鐘，但是由於頸動脈和椎骨動脈被阻斷，血液無法運送至腦部，凱薩琳幾乎可以說是失去了意識。

接著，那人用力拖拉起凱薩琳的身體，從寬大的陽台欄杆縫隙中推了下去。承受著凱薩琳全身重量的繩索一下被拉直了——如同皮影戲中的動作般可笑，美麗的凱薩琳四肢在半空中搖晃，像是用誇張的步伐行進著，夜風吹來，欄杆發出吱嘎聲響。

□

「柯白莎，醒醒！」十津川用力推著柯白莎。「柯白莎！」

「……天亮了？」柯白莎一面揉著眼睛，一面起身。

「快起來，出事了。」十津川臉色凝重。

柯白莎過了幾秒鐘，才眞正清醒，她注視著十津川，「發生什麼事了？」

「凱薩琳，她……」話到嘴邊，十津川反而不知道該怎麼說才好，「我希望妳有心理準備，凱薩琳，自殺了。」

「自、自殺？你說自殺？！怎麼可能？」柯白莎緊緊捉住十津川的手，「不可能的！」柯白莎臉色慘白。

「妳冷靜一點，要不然心臟會受不了的。」

「怎麼冷靜？不可能的！」柯白莎張望著，「在哪裡？凱薩琳在哪裡？」

「妳——確定要去看嗎？」

「當然要去。」

這時奧古斯塔走進大廳，「柯白莎，妳沒事吧？」

「奧古！十津川他說凱薩琳——」

奧古斯塔點點頭，重重地吐一口氣，「自殺吧，我想。」

柯白莎顫抖著捂住臉。

奧古斯塔走近柯白莎，輕輕拍了拍她的肩膀，「好了，冷靜下來，我們跟妳一樣難過。可是，光難過是解決不了問題的。」

「……報警，應該要報警才對。」柯白莎抬頭，看看奧古斯塔，又看看十津川。

「手機打不通，市內電話也沒辦法用。」

「那怎麼辦？」

「我跟十津川、夏洛克討論過了，先把……先把凱薩琳放下來。不能讓她一直吊著。」

「吊、吊著？上吊？」

「嗯。」奧古斯塔困難地點點頭，「早上我散步時發現的。現在夏洛克和瑪波都在那邊。」

「走吧，柯白莎，等妳到齊之後，我們得好好討論這件事。」奧古斯塔煩躁地說著，一面轉身走出大廳。

凱薩琳的屍體從二樓陽台垂下，掛在半空中。她穿著入睡前的灰色休閒褲，和同款上衣。

十津川搬來了工作用的鐵製樓梯，沉著臉徵詢大家的意見，「本來，應該要等警察來，我們不能擅自移動屍體，可是我們現在沒辦法跟外界連絡──我不希望凱薩琳……她的屍首就這樣掛在這裡被風吹日曬雨淋……你們的意見呢？」

柯白莎打了個寒顫，閉起雙眼，「我受不了，把凱薩琳放下來吧。」

「夏洛克，奧古，瑪波？」

瑪波嘆了口氣，「我也認爲該放下來。」

奧古斯塔拿出手機，「爲了保存線索，我覺得應該拍完照之後再把凱薩琳放下來。嘿，我知道這提議很沒人性，可是萬一這其中有什麼問題，至少有證據，不會讓凱薩琳死得不明不白。」

「夏洛克？」十津川知道夏洛克所受的打擊比任何人都深，他走向夏洛克，「我們都知道你很難過──」

「放屁！你們怎麼會了解我的心情！」夏洛克突然放聲大喊，他眼眶濕潤，雙手緊緊攥著拳。

「夏洛克！」瑪波難過地望著夏洛克，「你……你應該鎮靜下來……幫忙我們處理凱薩琳的……」

「不，我不要！」夏洛克前額青筋突起，「我不明白，我眞的不明白，她有什麼理由要死？爲什麼要死？」

柯白莎睁開眼，凱薩琳的腳就在她面前晃來晃去，她突然冒出一句話，「凱薩琳，眞的是自殺嗎？」

夏洛克，不，不只夏洛克，所有人聞言不約而同看著柯白莎，她嘆口氣，「你們認爲她是那種無緣無故跑來島上自殺的人？」

「……也許，她是想來見我們最後一面。」

「帶了七天的衣物來這裡見我們最後一面？」柯白莎冷冷地說道，「昨天凱薩琳整理旅行袋時我在旁邊，她連日拋的隱形眼鏡都帶了七副來。」

夏洛克臉色更加難看，「所以，凱薩琳是被謀殺的？柯白莎，妳是不是知道些什麼？」

「我不知道。我只是提出合理的懷疑。」柯白莎答道。

「應該說是，恐怖的懷疑。」奧古斯塔沉著臉，他掏出菸來點上，「柯白莎的懷疑很正確，只不過，我不想去考慮這個論點。」

「這是什麼意思？」十津川問道。

柯白莎倒是聽懂了，「如果承認我的論點是正確的，那麼，我們之間就有人是兇手。」

「眞是夠了。《殺人十角館》？還是《一個都不留》？」瑪波突然漲紅臉，

「誰會謀殺凱薩琳？這根本就是不可能的事。」

「眞的嗎？我們之間眞的沒有人討厭凱薩琳嗎？」奧古斯塔叼著菸，「現在我們有兩種選擇，第一，把凱薩琳當作自殺，柯白莎的話當作沒說過，我們把屍體放下來，然後繼續我們該做的事；第二，正視凱薩琳死亡的問題，檢查凱薩琳的屍體，看看有沒有任何線索。」

柯白莎愣愣地望著凱薩琳，「十津川，拜託，先去把她放下來吧。」

□

負責放下屍體的是十津川和奧古斯塔，夏洛克獨自一人走到不遠處的岬角，爲了怕夏洛克想不開，瑪波跟在他身後。

推理小說裡常常出現兇手把勒斃的屍體僞裝成上吊的橋段，分辨的最好辦法，就是看頸部是否有瘀痕。因爲上吊的姿勢是傾斜的，有斜度的，而被勒死屍體的頸部傷痕應該是水平的，並且會產生瘀血。

凱薩琳的頸部沒有瘀血，但是有擦傷痕跡。可能是往下跳時造成的。繩索的來源應該是從廚房裡找到的一綑舊麻繩。

七月的氣候濕熱，如果沒辦法儘快處理凱薩琳的屍體，那麼一定會腐壞的。也是因為氣候的關係，凱薩琳的臉部皮膚已經開始浮現血管紋。

□

中午過後，夏洛克一個人坐在凱薩琳的屍體旁。凱薩琳的屍體被移到門廊上，這樣至少可以減少一點陽光的曝曬。

在大廳裡，其他四人根本無心吃飯，也無心打掃工作。十津川和瑪波仔細檢查過凱薩琳自殺的二樓房間和陽台，沒有任何收穫，柯白莎和奧古斯塔打開了凱薩琳的旅行袋，袋裡的東西看起來十分一般，並沒有任何遺書。

「這是……」奧古斯塔注意到袋裡的撐板下，有一疊A4文件。

「嗯？是什麼？」

那疊文件只有薄薄幾張紙，似乎是從某個網站上印下來的資料。

「……宜蘭外海島上……一間鬧鬼已久的幽靈鬼屋？」奧古斯塔大聲讀了出來，「……民國七十五年，一名周姓富商在島上興建了一座大型度假別墅，某次他與情婦到島上度假，卻遇上了兩男一女，一共三名偷渡客，偷渡客將周姓富商及其情婦殺害後，亦離奇死亡……」

柯白莎搶過文件，迅速讀完後，不可置信地望著奧古斯塔。「騙人……」

這時，十津川和瑪波從二樓下來了。十津川見到柯白莎和奧古斯塔表情怪異，又看了眼柯白莎緊緊握在手中的文件。

「——不會是遺書吧？」十津川問道。

「如果是遺書，那還好一點。」奧古斯塔做個手勢，讓柯白莎把文件給十津川。

十津川看完後沒吭聲，把文件傳給瑪波。

「……自從該起案件後，無人敢再接近那棟別墅。有時漁船經過島邊，會看到別墅裡閃著紅色的燈火……」瑪波唸著唸著，聲音愈來愈小，「天哪……」

四人你看我我看你，

不知道該說些什麼才好。

一陣冗長的沉默之後，

柯白莎突然說話了，「你們該不會打算相信，是鬼魂殺了凱薩琳吧？」

05．魔鬼交易

——我知道是誰幹的。我看到了。

——所以？

——我們來交易吧。

□

死神剛到島上時，就看見了女子的幽魂。在走進別墅之前，死神就看到在窗邊有名死狀淒滲的女子將臉緊緊貼在骯髒的窗玻璃上，瞪大了胡桃似的雙眼，彷彿難民看到了食物般，極期待地等著眾人進屋。

死神雖然是死神，不過權責僅僅在於「製造死亡」，死神沒辦法控制死靈亡魂，只能和「他們」溝通。

在大夥兒情緒低落，忙著陪伴夏洛克時，死神獨自一人悄悄地走上二樓。死神暫時恢復了本相——穿黑袍的白骨——死神想要和亡魂們談談。

死神穿過二樓左側的走廊，來到最後一間房。彷彿等待已久似的，房門自動開啓了。

「死神跑到這種地方來做什麼？」

老舊的書桌上，有顆看起來約莫五十來歲的頭顱開口。他臉部被炸掉了三分之一，左眼眼珠垂掛著，要掉不掉。

「當然是來執行任務。」死神答道。

「化作凡人來執行任務？！騙我們沒見過死神嗎？」忽然間，牆裡浮現一道黑色影子，似乎是名女子，「就算是死神，也不能妨礙我們！」

「說話別這麼衝！」不知何時，一名男子亡魂出現了，他看起來死相還算端正，「死神大人，我們等轉生的機會等很久了。當然啦，我們也知道死神大人的任務不能不辦，但是，只要您願意授權給我們，我們就能重新轉生，您也樂得輕鬆，不必弄髒您的雙手。」

死神環視四周，除了已經現形的三名亡魂外，這房裡還有另外兩名亡魂。

「——一共五個人，剛剛好，對吧？」

從牆裡走出一名穿著紅衣的女子，不，她原本應該穿著淡色系的洋裝，只是被鮮血染紅而已。

紅衣女子冷冷說道：「我們等了二十多年，終於盼來這五個人。以前爲了爭奪一個靈魂，我們在死後還要搶來搶去，最後反倒便宜了別的孤魂野鬼。這次可不用了，多好！」

「是呀，死神大人——反正他們橫豎要死，不是嗎？」房裡又有一名亡魂現形，他的腹肚被橫向剖開，有一桶之多的腸子垂掛在下半身。

死神沉默了一會兒，才說道：「他們和我相處得不錯，所以我不打算讓他們平凡地死去。」

「這當然！」在書桌上的人頭少了一半的下巴，說話時有點漏風，「只要能讓我們轉生，死神大人怎麼說怎麼好。」

「眞的願意聽我的指揮？」死神再度確認。

「我們願意。」紅衣女子說道，「但是，死神大人您也得信守承諾，把這五個人的靈魂留給我們。」

「……昨天晚上的事……」死神用眼神徵詢這幾名亡魂。

紅衣女子雙手抱胸，「我們只是幫了點小忙，讓那傢伙的恨意加倍，這樣那傢伙才下得了手。」

死神點點頭，「我明白了。就這麼辦吧，我們合作。」

「太好了。」流出腸子的男人歡呼道。

「那麼，死神大人，您的計劃是？」

□

在吃晚飯時，十津川在自己的盤子下發現了一張紙條。紙條的內容是用電腦打的，顯然在來島上之前，就已經準備好這紙條了。

十津川從來沒把凱薩琳的事和寫紙條的人聯想在一起，但在看到紙條後，十津川突然感覺到，整件事背後的情況十分複雜。

憑著這張紙條，十津川就可以斷定凱薩琳的死絕非自殺——不過，十津川把紙條帶進了廁所，撕碎後沖入馬桶中。凱薩琳已經死了，就算掀開了眞相，又有什麼意義呢？親眼看到朋友的屍體被烈日曝曬發臭，在風中搖擺晃蕩還不夠嗎？還得讓大家在接下來的時間同樣活在恐懼之中嗎？太殘忍了。

「十津川，你在發什麼呆？」奧古斯塔皺眉，「連你也一蹶不振的話，大家該怎麼辦？」

「……沒什麼，」十津川用塑膠叉子攪拌著食物，「我只是想起凱薩琳。」

十津川的話一說完，其他四人便不約而同放下了餐具。夏洛克沉默地拿著啤酒罐，緩緩捏扁；瑪波咬著嘴唇，低下頭；柯白莎深深嘆了口氣，視線越過窗戶；而奧古斯塔則再度點起菸。

「明知道傷心難過是沒用的，可是卻停不了。」奧古斯塔弓著身體。

這時瑪波把奧古斯塔帶來的收音機打開，大概是為了緩和氣氛，她調調天線，好不容易才收到訊號。

電台廣播著無聊的新聞，

大家默默地吃著晚飯。

直到——

「颱風快報，今年第六號颱風莎樂美行徑改變，受到大陸高壓影響，中颱莎樂美行徑已轉偏東……預計明天晚間由宜蘭外海登陸，中央氣象局表示……」

「不會吧，有颱風……」夏洛克猛然抬頭，丟下餐具，「颱風來之前，要把凱薩琳……」

「是啊，不能就這樣把凱薩琳的屍體放在外面，天氣太熱，很快就會腐臭的。」十津川打起精神，「看是要把屍體搬到二樓，還是怎麼樣？」

「埋起來吧。」奧古斯塔說道，「當然不是正式的埋，這只是暫時的。」

「可是，這樣會影響驗屍結果吧？而且要是被地主知道了……」瑪波說。

奧古斯塔揮揮手，「地主的事妳想太多了，瑪波，這裡都已經是凶宅了，有差嗎？至於驗屍……我們不是決定一致同意，把凱薩琳當作是自殺嗎？」

「不過，凱薩琳的父母並不會這樣想吧，而且也沒有遺書。」瑪波固執地說道。

「那又怎樣？如果不承認凱薩琳是自殺而死，那就得把我們五個人送到警局去接受調查，這樣結果會比較好嗎？」

「接受調查就接受調查！」瑪波冷冷地說道，「我是清白的。」

「那妳的意思是說，我們其中有一個人是兇手囉？瑪波，聽著，我不想跟妳吵架，但是如果我們一直在原地打轉，對事情沒有任何幫助。」

「……」這時，柯白莎突然站了起來，「我要出去走走，這裡好悶……」

「我也想出去走走。」十津川也站起來，他猶豫著說道：「大家最好不要落單。」

十津川這句話，等於開啓了一扇通往懷疑的大門。他要大家不要落單，這句話分明暗指，落單的人可能遭遇不測，或者，落單的人可能會想背著大家偷偷幹些什麼不可告人之事。這樣一來，大家只能互相監視，然後不停地懷疑對方。

柯白莎和十津川離開屋子後，只剩下奧古斯塔、瑪波和夏洛克。奧古斯塔拒絕什麼不落單的建議，獨自上二樓去抽菸，大廳裡終於只剩瑪波和夏洛克。這原本應該是瑪波夢寐以求的獨處時刻，但是現在……

□

浪變大了，不再帶有浪漫氣氛，沒有月光的晚上，海看起來是黑色的。柯白莎特意把手雷筒調成微弱的光，她不想浪費電池。

今晚很熱，沒有一絲風。十津川的腳步從後方傳來，柯白莎捂著胸口，望著漆黑的海面。

「我看到紙條了。」十津川在柯白莎身旁停下，「是眞的嗎？」

「是。」

「是妳跟凱薩琳一起計劃整件事的？」

「嗯。」

「爲了籌錢去《密室的夏天》？」

「對。」

「……可是，結果卻變成這樣。」

「不，這不是最後的結果。」柯白莎冷靜無比地說道，「凱薩琳沒有任何自殺的動機，而且她也計劃好來島上之後的事，她不可能自殺。」

「所以，妳相信兇手在我們之中。」

「我相信。」

「……我也相信。」十津川對著大海，說道：「凱薩琳也許有心事，但她很堅強，我也覺得她不可能自殺。可是就如奧古斯塔所說的，我們——不，應該說我，我——不想去懷疑任何人！我不能忍受跟兇手一起繼續生活整個星期。」

「我也不想。所以，十津川——」柯白莎忽然身體一晃，就這麼倒了下去！

□

「天哪！怎麼了？！柯白莎！」

站在大門前的瑪波，她尖銳的驚叫引起夏洛克注意，就連在二樓的奧古斯塔也匆匆衝到大廳。夏洛克奪門而出，只看到十津川吃力地揹著柯白莎，從岸邊走回來。

夏洛克和瑪波連忙迎上前，「柯白莎沒事吧？」

「應該還好，大概是打擊和壓力的關係，心臟受不了。」十津川吩咐道，「瑪波，去拿睡袋，讓柯白莎先休息一下！」

「柯白莎……」夏洛克臉色極難看，「她的心臟病不是一直都控制得很好嗎？」

「我想，凱薩琳的事，對她而言刺激太大了。」十津川放下柯白莎，讓她躺在睡袋上。

「十津川，該不會是你對柯白莎造成什麼刺激吧？」從二樓下來的奧古斯塔不知道是故意，還是在開玩笑。

十津川猛然回頭，脾氣再好的他也無法克制了，他衝上前吼道：「奧古斯塔，你夠了沒？一直說不要懷疑朋友不要懷疑朋友，可是你所做的一切，不就正是在懷疑我們嗎？」

奧古斯塔凝視著十津川，「你緊張什麼？我又沒說你想謀殺柯白莎，我只是以爲你在浪漫的海邊向柯白莎做出愛的告白而已。十津川，有聽過一句話嗎？做・賊・心・虛！」

「什麼？！」十津川忍不住踏上樓梯揪住奧古斯塔的衣領，瑪波連忙出手阻止他們。

「你們就不能讓柯白莎好好休息嗎？！」夏洛克喝了一聲。

奧古斯塔往二樓走去，理理衣服，「也許有人巴不得柯白莎心臟衰竭呢。」

分裂和猜忌，一下子陡然擴大蔓延著。奧古斯塔的話讓各懷心事的人，臉色不禁爲之一變。

到底凱薩琳的死是怎麼一回事？現在難道連柯白莎都有危險了嗎？下一個，下一個又會是誰呢？在自己眼前的全都是極熟悉的朋友……不，不見得，仔細想想，好像其實也不是那麼了解每個成員……同樣的疑問在大家的心裡打轉著，一旦開始了就難以停止。

隨著颱風逼近，屋裡更加悶熱了。

06・第二名受害者

第一個名字，凱薩琳。

第二個名字，即將浮現。

□

午夜時分，夏洛克睡不著。他悄悄從睡袋裡起身後，想到外頭去看看凱薩琳的屍體。在離開前他想了想，又折回廚房，拿了把鐵鏟。

「對不起，凱薩琳，是我喪心病狂，我眞的瘋了！」一面一鏟鏟挖起泥土，夏洛克一面流淚，在心裡吶喊著，「我眞的不知道自己在做什麼！我不能忍受妳離開我，我更加不能忍受妳到十津川的身邊去——原諒我吧，凱薩琳！那時，我根本……」

激動的心情讓夏洛克的動作格外賣力迅速，他抽泣著，就像個死了老公的小寡婦似的。

其實，夏洛克根本沒想過要殺凱薩琳。

那晚不知道是怎麼了，

彷彿有人在他眼前製造出幻象，

夏洛克彷彿看到了十津川攬著凱薩琳的親暱模樣——

他不能忍受凱薩琳提出分手，

一股怒火佔據了夏洛克的心，

等他意識到時，凱薩琳已經不知道斷氣多久了。

一下子，夏洛克便挖出了一個足以放進凱薩琳屍首的洞穴。瑪波的話提醒了他，爲了不要讓人發現眞相，他必須讓凱薩琳的屍體狀態改變，來混淆視聽。這樣，應該可以影響到驗屍的結果。而且他這麼做，看起來十分合理，其他人都會以爲，夏洛克是不忍心凱薩琳曝屍野外，所以才埋起屍體。

啊，如果一切能就這麼被埋進土裡，那該多好？

啊，如果能夠連瑪波一起埋進土裡，那該多好？

瑪波。是的，瑪波。該死的女人。那天夏洛克殺害凱薩琳的情景，瑪波全都看到了。如果瑪波打算告訴大家，這樣夏洛克至少還會覺得好過一點。但是，瑪波提出了交易——

「我知道是誰幹的。我看到了。」瑪波說道。

「所以？」

「我們來交易吧。」瑪波凝視著夏洛克，「你可以選擇愛上我，或者爲你的行爲付出可怕的代價。」

「選擇愛上妳，難道就不是可怕的代價嗎？」

瑪波移開視線，「隨你便。我不喜歡強迫別人。」

如果瑪波說出來，那麼會怎麼樣呢？十津川和奧古斯塔會痛揍自己一頓，然後把他關起來，也許還會找人看守著他，然後等到下星期一，他就會被送到警局去。也許他的事還會上報，父母顏面盡失，他被判刑入獄……

如果他當初只是勒死凱薩琳，那麼也許還可以用一時神志不清來解釋，獲得輕判。但是他事後還僞裝成是凱薩琳自殺，這就是謀殺，騙不了人的。

如果……夏洛克用沾滿泥土的手背拭著眼，如果當初沒有來這座島上就好了——但，那只是「如果」。

夏洛克放下鏟子，拖著凱薩琳的屍體，花了一番功夫才將她推進洞裡。他看著凱薩琳浮現暗紅色屍斑的身體。眞怪，活著時那麼的美，現在不但發臭，看起來也十分噁心。

夏洛克忽然笑了起來。又哭又笑的，還拚命揮舞著鏟子，簡直就像個發狂的變態農夫。就在夏洛克正要用鏟子壓平土堆時，一陣怪異的風吹拂過他的背。夏洛克忽然感到一陣暈眩，他放下鏟子，在土地旁蹲坐下來。

「夏洛克。」有股聲音喚著他。

「誰？」

「是我，夏洛克。」

夏洛克感到一陣毛骨悚然，他勉強站了起來，抓起鐵鏟當作武器，「誰在說話？」

「呵，」對方輕笑著，「才過了兩天，就不記得我的聲音了？」

夏洛克全身僵直，血液似乎在瞬間全都倒流回心臟。是凱薩琳？！不，不可能是她——我才剛剛親手埋了凱薩琳——可是，那聲音——

「夏洛克，爲什麼要這麼做呢？你太令我傷心了，夏洛克……」

夏洛克額上冒著汗，他四處張望，想要找出聲音來源。他緊緊握著鏟子，雜亂的腳步一下子就把好不容易堆平的泥土踩得一堆腳印。

「嘻，夏洛克，變笨了嗎？名偵探夏洛克．福爾摩斯，連我在哪裡都找不到嗎？」

「可惡……」夏洛克循著聲音，他抬頭望向別墅二樓，某扇窗戶旁，有個影子閃過。「好，在二樓是吧？！」

夏洛克緊抓著鏟子，想要一氣衝上二樓，但是僅存的理性告訴他，不能驚醒還在大廳裡睡覺的人。於是他繞了路，從廚房進入屋內，然後躡手躡腳地上了樓。

夏洛克汗濕的手有好幾次拿不住鏟子，差點讓鏟子滑掉。

「呵呵……夏洛克，你在幹什麼？想再殺我一次嗎？」

挑釁的聲音從二樓左側最後一間房裡傳來。夏洛克疾步衝向那間房裡，沒想到在推開那間房的瞬間，一片急湧而出的黑霧如同潮浪般吞噬了夏洛克。黑色的氣體緊緊包圍住夏洛克，他頓時失去意識。

□

「夏洛克，夏洛克！」死神站在房間一角，輕輕地呼喚夏洛克。

「……」

癱坐在椅上的夏洛克看起來昏睡了很久，他手指動了動，過了近一分鐘的時間，他才緩緩睜開眼睛。

死神把一枚黑膠唱片放在房裡的古銅唱機上，調好唱針。先是一陣發澀的噪音，接著，一首鬱悶的鋼琴曲開始隱約響起。

「黑色星期天……」夏洛克全身打個冷顫，「爲什麼……」

「凱薩琳曾經告訴過我，你們一起聽過這首曲子。當時，你還拉著凱薩琳，身體貼著身體，跳起舞來。」死神緩緩地說著，以同情的眼光看著夏洛克，「戀人們的主題曲，怎麼會是〈黑色星期天〉呢？我本來不懂，但現在我了解了。那是宿命……站起來吧，夏洛克，跳一支舞，就當作向凱薩琳致哀。」

「什麼？！」夏洛克還來不及反應，他的雙腿便開始不由自主地移動起來。

「……停下來，不，我不想跳，停下來！快點，我說停下！停下！」

但是，伴隨著沉悶痛苦的自殺名曲〈黑色星期天〉，夏洛克的腳像是受人操控的木偶般，不停地踩著舞步。時間一分一秒的過去，夏洛克雙眼翻白，他彷彿陷入了怪異的幻覺之中。

牆在旋轉著，有人在看我，有人在笑。這首歌永遠也不會結束——凱薩琳，凱薩琳——我爲什麼要殺凱薩琳呢？是誰把繩索放在我的手裡……對了，我們的主題曲是〈黑色星期天〉！妳提出分手那天，就是星期天沒錯……好痛，我的腳，可是停不下來……

害怕得毛骨悚然的夏洛克想彎下腰制止自己再跳下去，但是這麼一來只是讓上半身的重心不穩，搖晃得更加嚴重。乾脆一屁股坐在地上好了！夏洛克這麼想，可是膝蓋無論如何不受控制，根本無法彎曲。

「……停止，停下來！別再折磨我了！」

夏洛克驚恐喊叫著，但這房間似乎像是有隔音設備似的，不管夏洛克如何大叫大喊，樓下大廳其他人都沒有聽到，依舊熟睡著。

「救救我！都是我的錯，我受不了了！我眞的快瘋了！」

這時，死神的聲音忽然浮現，「才跳了幾個鐘頭……你眞的不想再跳下去了嗎？」

夏洛克瘋狂搖頭，「停下來！只要能停下來——」

「你什麼都願意？」

「沒錯，我、我什麼都願意！要我去自首也行，我……」

「好，那就停吧。」說完這句話後，死神的聲音愈變愈小，「Good Luck，夏洛克……」

忽然間，夏洛克的雙腿彷彿被扯掉電線的機器似的，在瞬間靜止下來。夏洛克不可置信地低頭看著自己的雙腿，它們幾乎已經痠得快要癱掉。

「好痛！」

噗嗤一聲，夏洛克的左邊褲管冒出一道血柱，彷彿有人拿著無形的電鑽就這麼插入了夏洛克的小腿中。夏洛克不禁跌坐下來，緊緊地抱住左腿。就在他拉起褲管，欲檢視傷口的那瞬間，他親眼見到足踝竟自動裂開一道圓形傷口，鮮血再度噴出！

「救、救命！十津川！奧古斯塔！隨便誰都好，快來、快來救我！」恐懼已經徹底擊垮了夏洛克，他沒命似地狂吼著，「該死的傢伙——你們全都死光了嗎？！都到哪裡去了？！媽呀，好痛，痛死我了！」

就在夏洛克鬼吼鬼叫的同時，一道縱長的傷口，看起來如同被獸爪撕裂的傷口出現了！傷口深可見骨，皮膚和肌肉全都往外翻出，更怪異的是，夏洛克的肌肉裡，隱隱約約有綠白色，大量的細條小蟲在游走著，彷彿牠們已經在夏洛克的身體裡寄居多時。

「……不要！媽的！噁心的東西……」

夏洛克的左腿不停爆裂出新的傷口，每一次都比之前更加嚴重，幾乎是以數十倍的速度在腐爛著，傷口如今不只噴出鮮血，更流出惡臭的膿汁和小蟲……甚至還有蟲卵……

看著不停往外爬的小蟲們，忍無可忍的夏洛克隨便抓起附近桌上的一樣東西，便用力地往自己的左腿上狠狠砸下。

「太好了。」

夏洛克瞳孔激烈地收縮著，這一擊，造成了一小片蟲屍。可是，小蟲還是繼續從他的腿中爬出，幼細的綠白色小蟲，就像蠶般柔軟，腹囊裡滿滿的腥臭黃汁，一打爛牠們，就會擠出一堆膿瘡般的汁液。

「可惡，怎麼還有這麼多?!」

夏洛克咬緊牙，現在的他管不了三七二十一，就像本能般，他舉起手上的重物，繼續往腿上猛砸過去。得把那些成千上萬的小蟲全都砸死才行——沒錯，那些噁心的東西——得全部砸死才行！全部——

07．無神論者奧古斯塔

清晨時分，奧古斯塔感到了一股難以言喻的怪異感覺。彷彿有人在他耳邊說話，那聲音時大時小，有時聽起來像是男人，有時聽起來像是女人。

鬼魂？

最好是啦！

奧古斯塔是無神論者。他是很典型的推理小說迷，永遠把證據擺在第一位。雖然看起來好像只是個愛耍嘴皮子的傢伙，實際上嘴硬心軟。

奧古斯塔用睡袋蒙住頭，他告訴自己無論如何都得睡飽。在此時此刻此地，要是因爲失眠而一時大意斷送小命，那可就划不來了。

和好好先生型的十津川不同，也和雅痞型的夏洛克不一樣，奧古斯塔老是被人家形容成「天生反骨」的傢伙。其實他沒那麼嚴重，只是習慣有話直說，而且也懶得去修飾。

「委婉就是虛僞」，這是奧古斯塔信奉的眞理之一。其他眞理還包括了：「有鬼魂出場的推理小說根本算不上推理小說」、「密室是一定要的啦」、「松本清張好厲害」、「沒讀過松本清張和愛倫．坡的人不該加入推理社」……等等。

好像有點智障，但奧古斯塔樂此不疲。他本來就不是那種在意別人看法的傢伙。有時候這種個性可以緩和團體裡的氣氛，有時則否。

不過，他最了不起的一點，恐怕是無人能比的冷靜吧。奧古斯塔沒考慮過十津川、柯白莎的想法，不過他幾乎可以確定，夏洛克就是殺害凱薩琳的兇手。

沒有遺書這件事，證實了凱薩琳絕非計劃自殺。另外從種種現象看來，凱薩琳沒有自殺的動機，更加沒有讓朋友在她自殺後得陪伴她屍體一星期的必要。

另外，奧古斯塔在出發前在百貨公司裡碰見凱薩琳，她最近變胖了，所以拿了很久沒戴的戒指到專櫃上去修改戒圍。這意味著，凱薩琳之後還想戴那幾個戒指，而一個想死的人，通常不會那麼做。

至於夏洛克——他動機充分，而且就發現屍體之後的表現而言，並不太正常。以夏洛克的個性，無論如何都會在眾人到齊前想辦法讓凱薩琳的屍體放下，但是他卻等到每個人都親眼看到凱薩琳的死狀之後，才表現出珍惜、想要保護屍體的表情。

還有在為屍體拍照時，理當阻止拍照的夏洛克並沒有這麼做，他明知道凱薩琳是那種沒化妝就拒絕照相的完美主義者，為什麼沒有人替凱薩琳阻止十津川和奧古斯塔呢？

奧古斯塔在心裡冷靜地分析著，但是他並不打算跟其他人談這件事。就算夏洛克眞的是兇手，那麼在眾人知道眞相後，不是就等於逼夏洛克殺了大家，或者自殺嗎？

所以，不要懷疑朋友。看到了疑點，也要當作什麼都不知道。奧古斯塔的想法，可以說是完全基於現實而產生的吧。

「奧古斯塔，奧古……」半夢半醒之間，有人用手推著奧古斯塔。

奧古斯塔拉下睡袋，微睜雙眼，是十津川。「……怎麼了？鬧鐘還沒響呢……」

「夏洛克不見了。」

奧古斯塔揉著眼，「什麼意思？」

「夏洛克沒在一樓。」十津川低聲說道，他顯然不想吵醒柯白莎和瑪波，「我找過一樓了，但是二樓和屋外我沒去，我覺得現在單獨行動不是好事。」

奧古斯塔從睡袋裡起身，「幹，屋裡好悶……」

「噓，小聲一點。」

「所以，現在是要一起去找夏洛克，對吧？」奧古斯塔斜斜瞄了眼十津川，「說眞的，你也覺得凱薩琳是被謀殺的，不是嗎？」

十津川神情有些複雜，他似乎不想承認，但最後還是點了點頭。「她沒有理由自殺。我是說，凱薩琳比我們想像中都還堅強，她不會走上這條路的。」

「你猜的兇手，跟我猜的兇手，不知道是不是同個人。喔？」奧古斯塔站起身，穿上鞋，「從屋外開始找夏洛克，還是從二樓？」

「屋外吧。從二樓開始的話，可能會吵到她們。還不到六點，讓瑪波和柯白莎多睡一會兒。」

「……你不擔心二樓藏著一個變態，隨時會下樓攻擊柯白莎和瑪波？」奧古斯塔把話說開了，「看來你和我猜的兇手並不是同個人。」

「不，正好相反。我猜那個兇手，應該是去處理凱薩琳的屍體了。」十津川寒著臉。

□

十津川和奧古斯塔盡可能小心翼翼，不要驚動兩名女生，他們偷偷開了大門，偷偷地溜了出去。

海風帶來鹹鹹味道，令人覺得頭腦清醒不少。奧古斯塔從口袋裡掏出菸，很難得的是，一向不抽菸的十津川，這次卻主動要了一根菸。

「怎麼了？」奧古斯塔拿出打火機，替彼此點了菸，「看你的表情，好像有什麼話想說。」

「你以爲是夏洛克幹的嗎？」十津川過了半晌才說。

「是。」

「我也這麼想。可是，總覺得，還有些不對勁的地方。」

「不對勁的地方？」

「我也不知道該怎麼說才好……」

這時，兩人都已走到原本放置凱薩琳屍首的側面門廊，但是屍體改變了姿勢，像個娃娃似的坐直了身體，而非原來躺著平放的樣子。

「怎麼搞的，屍體上全都是泥土……」十津川蹲了下來，他從口袋裡掏出衛生紙，輕輕幫凱薩琳擦掉臉上的泥土，「不只臉，她全身都沾滿了泥土……」

奧古斯塔也注意到了，他沉思著，同時也仔細地檢視著四周的環境。「十津川，你看——」

「泥土的痕跡？！怎麼會一直延續到那麼遠的地方去呢？」十津川站直身體，「看來，有人移動過凱薩琳的屍體。」

「走，跟著痕跡去看看！」

奧古斯塔和十津川沿著泥土散落的痕跡，找到了原本夏洛克埋屍體的地方。只見泥土地上有個被翻得亂七八糟的大洞，看那形狀和大小，很明顯是用來埋凱薩琳的屍體。

「埋了之後，又挖出來？」十津川沉著臉。

「夏洛克，該不會精神錯亂了吧？」奧古斯塔想了一會兒，「不行，還是先回屋裡去，我擔心柯白莎她們。」

「走吧！」

十津川和奧古斯塔直至此刻仍然相信這一切就如同推理小說般，只是人爲的單純自殺，或謀殺案。他們的共同點就是夠理性。這座別墅裡多年前曾發生的命案對他們完全沒造成影響，但也因爲這樣的刻意忽略，使他們遺漏了很重要的一個關鍵。

□

當十津川和奧古斯塔回到大廳時，柯白莎和瑪波都已經收拾好睡袋了。十津川走到柯白莎身邊，關心地問：

「妳沒事吧？好一點了嗎？」

「其實沒什麼事……我想，大概是一時情緒過度緊張。」柯白莎笑了笑，但她臉色十分蒼白。

這時瑪波問道：「夏洛克呢？」

「不知道。」奧古斯塔說道，「我剛剛就是跟十津川一起去外面找他，也許他還在屋子裡。」

「嗯，有可能。對了，今天颱風不是要登陸嗎？凱薩琳的屍體……」柯白莎看看十津川和奧古斯塔，「該怎麼辦才好呢？」

十津川想了想，「表決一下吧。我提議搬到二樓。贊成的請舉手。」

柯白莎舉起手，

奧古斯塔也舉起了手，

瑪波似乎在考慮什麼，

但也舉起手同意。

「好，四票同意。就算夏洛克反對，那也沒辦法了。」十津川說道，「我覺得男生跟女生分開行動有點危險，我想，一男一女組成一隊，怎麼樣？大家都不講話，我就當作無異議通過囉——嗯，好——瑪波，妳跟我一隊，柯白莎，妳跟奧古斯塔一隊。」

奧古斯塔點點頭，「分隊行動是OK啦，不過搬屍體的事得三個男生一起才行。我看我們還是先找到夏洛克才行。」

「去二樓看看吧，大家一起。」十津川的建議總是最保守的。

四人走上二樓後，從右側開始逐一打開房間。但是右側走廊正中間的那間房，怎樣都打不開。

「十津川，你不是有整串的鑰匙嗎？」柯白莎說道。

「喔對。」十津川從牛仔褲口袋裡拿出鑰匙，好不容易才打開房門。

房間裡沒人，佈置看起來也沒什麼，跟第一天看到時沒有兩樣。巡完右側的房間後，輪到打開左側房間的門。第一間，第二間，第三間，第四間——

「如果夏洛克也不在最後一間房，怎麼辦？」瑪波問道，她看起來有點魂不守舍。

「如果夏洛克眞的不在二樓，那就把這裡的房間全都鎖上，去一樓找，如果確定不在一樓，大家就到屋外，鎖住所有通往屋內的門之後，再開始找他。」十津川臉色十分難看。

瑪波注視著十津川，「你覺得他是殺害凱薩琳的兇手？」

「我只是想確保大家的安全，把事情搞清楚。而且，我很討厭躲貓貓——」十津川這時推開了最後一扇房門。

柯白莎看傻了，

而瑪波則是發出一陣刺人心肺的慘叫。

「這是什麼？夏洛克？是夏洛克嗎？天哪！」十津川簡直不敢相信自己的雙眼，就連一向冷靜的他，也不得不扶住門。

奧古斯塔嘴巴大張，菸就這麼掉在地板上，緩緩滾向房裡。碰觸到地上的黑血之後，菸才停了下來。柯白莎捂住胸口，蹲下之後，轉身朝旁邊吐了起來……

08．一個都不留

大約十五、六坪大的房間裡，滿牆滿地滿天花板都是皮肉渣屑和血塊。彷彿這房間就是台巨大的絞肉機似的，散發著屍臭的碎肉沾黏在四面八方，部分的腸子和小塊的肉垂掛在天花板的吊燈上。

房裡並沒有夏洛克的影子，但他的衣服卻像是破爛的布堆，被扔在血肉堆裡。是什麼樣的手法還是力量讓一個活生生的人變成這樣呢？再怎麼樣兇殘的人，也不可能將對方撕成碎片吧？

十津川勉強吸了口氣，但腐臭腥味讓他差點嘔吐出來，他往前踏了一步，腳底下卻發出一聲微弱的「吱」聲。好像踩扁了什麼……十津川低頭一看，是半顆人的眼球。瑪波看到此景，也忍不住乾嘔起來。

「搞什麼……」即使是永遠信奉無神論的奧古斯塔，這次也終於動搖了。「這是怎麼回事？夏洛克……」

「……你們看！」

瑪波指著隨風舞動的老舊窗紗，上面看似染著血跡，但若仔細看，可以看到那些並不只是普通的血跡，而是文字。

我有　　娃，一個吊死　　，
一個跳舞跳不見，　對玩　，
小娃娃，　髒好邋遢，
體再組合，又是　　娃。

「這是什麼……我們第一天來檢查房間時，並沒有這些字。」十津川呼吸急促地說道，「看起來就像——」

「阿嘉莎．克莉絲蒂，代表作《一個都不留》。」奧古斯塔故作鎮定，冷冷地說道，「一個吊死……指的是凱薩琳，另一個跳舞跳到不見……難道指的是夏洛克嗎？跳舞？」

瑪波恐懼地開口，「跳舞的房間……」

「瑪波，妳指的是——」奧古斯塔也注意到了，房間的一角，有一台老式留聲機，黑膠唱片專用的。「這裡的確是用來跳舞的房間。其他房裡沒有留聲機。」

一直蹲坐在地上的柯白莎扶著牆勉強站起，「那些……是夏洛克，對吧？」

「恐怕是……地上還有他的手錶。」奧古斯塔沉痛地說道，「聽著，我很不想這麼說，但……我想我們四人，現在身處險境。」

柯白莎揉著前額，「可是，沒有任何手法可以讓人支離破碎到這種程度！」

十津川想了想，「等一下，這些……我們看到的這些血呀肉的，會不會其實是其他動物的呢？也許，是夏洛克幹的。」

「十津川，你能解釋他爲什麼要這麼做嗎？」瑪波反問。

但回答的卻是奧古斯塔，「我來解釋。有一種可能——他想要靠假死來逃避殺害凱薩琳的罪責。」

瑪波身體一震，表情有幾分驚慌，「殺害……凱薩琳？」

「等一下，如果這件事眞是夏洛克一手安排的，那麼我覺得他有共犯。」柯白莎目光調到瑪波身上，「我認爲夏洛克不可能一個人完成這件事。」

「妳幹嘛這樣看著我？！」瑪波突然大叫起來，「柯白莎，妳瘋了！」

「我瘋了嗎？妳眞的這樣覺得嗎？」柯白莎嘆口氣，「算了，當我什麼都沒說。」

這時奧古斯塔越過十津川，勇敢地走進了房間。不管鞋底卡進了多少噁心的血肉，他忍著想反胃的感覺，仔細地檢視著房間。

「如果這些是動物的肉……或者其他的東西，量也未免太大了一點，夏洛克是去哪裡找來的呢？」正當奧古斯塔轉過身時，他眼角餘光掃在房內書桌上一抹黑色的東西。他走近一看，臉色更加難看。

「奧古，你看到什麼了？」

「除了人類之外，其他動物應該……沒有頭髮吧。」奧古斯塔重重地吐了口氣，捂住口鼻，「走吧，到樓下去吧，我們得好好談談。」

在大廳裡，奧古斯塔重新拿出一支菸，但卻沒有點上。十津川望著柯白莎慘白的臉色，總覺得擔心。

「看來，夏洛克……恐怕已經……」

這並不是奧古斯塔想做出的結論，他寧可相信那一切血腥的場景都是夏洛克佈置出來，想要假死來逃避刑責的手段。這樣至少可以當作是人類犯下的案子。可是，若樓上的慘狀眞的是夏洛克本人，那麼，這個鬼地方……

「柯白莎，妳覺得呢？」奧古斯塔問道，「嘿，大家說點話吧！」

「我們四個人，應該都不是兇手吧。」柯白莎說道，「……天哪，夏洛克……我也不認爲，夏洛克有辦法和材料佈置出那樣的房間。」

「——妳覺得夏洛克是怎麼死的？」

「微型炸彈？不，我們都沒聽到任何爆炸聲……我不知道，眞的。」柯白莎閉上眼思索著，「還有，滿屋子都是碎肉，但是卻沒看到白骨。很怪。瑪波。妳呢？有什麼意見？」

瑪波瞪了柯白莎一眼，「我沒意見。我是說，這一切太怪異了。先是凱薩琳，再來是夏洛克，還有那窗簾上的字──現在是怎麼了？暴風雨山莊嗎？我們會一個接一個死掉？會嗎？我不知道，這一切根本沒辦法理解！」

十津川垂著頭，「有件事，我跟奧古斯塔一起發現的。有人動過凱薩琳的屍體，看樣子，好像埋起來之後，又重新挖出來。」

「什麼？」柯白莎瞇起眼，「什麼時候發現的？」

十津川說道：「我起床之後，發現夏洛克不見了，就叫醒奧古斯塔，我們一起走到外面，看見了凱薩琳的屍體上都是泥土，還有在屋後被挖了個大洞。要不要一起去看看？」

□

四人一起走到屋外，凱薩琳的屍體卻不見了。大家急忙跟著十津川的腳步，衝向屋後埋屍用的大坑。

「天哪！」柯白莎驚叫一聲，她不自覺地躲在十津川背後。

「這是怎麼回事？」瑪波感到全身發冷。

那個狹小的坑裡，放著凱薩琳的屍體，還有另一具仍附著皮肉組織的白骨，兩副屍體相擁著，一起沉眠於洞中。

「……十津川，奧古斯塔，你們剛剛……」瑪波往後退了一步，「不對！你們兩個！是你們殺了夏洛克，又把他的屍體和凱薩琳的屍體放在一起，對不對？」

「冷靜點，瑪波！妳弄錯了！」十津川急急解釋，「不是這樣，我可以發誓，剛剛進屋之前，我和奧古斯塔明明就看到凱薩琳的屍體好好地在門廊那裡呀！」

一向冷靜異常的奧古斯塔這次也露出了恐懼的表情，「不是我和十津川幹的！媽的，這小島上一定還有別人！」

……是人嗎？還是……其他的東西？

這個疑問可說是同時閃過眾人心中。

「夠了，十津川，把樓上房間的鑰匙給我一把。」瑪波突然伸出手。

「妳要幹嘛？」

瑪波語氣中夾著恐懼，「誰知道你們三個是不是一夥的？！我要帶著食物和水到樓上去，你們誰也不許過來。快，十津川，鑰匙給我。」

「不行。我們四個人不能分開。」奧古斯塔吼道，「瑪波，清醒一點！如果妳獨自一人發生了意外，那該怎麼辦？！」

瑪波被奧古斯塔一吼，眼神開始有些渙散，累積已久的驚恐在瞬間爆發。表面上看不出來，但是瑪波的內心已經起了化學作用。

她親眼看見夏洛克殺了凱薩琳，爲了得到夏洛克，她用目擊者的證詞跟夏洛克交易，但是夏洛克沒答應也沒拒絕——明明瑪波從來就不把凱薩琳當朋友，但爲什麼還是有著強烈的背叛感呢？

而現在，夏洛克變成了白骨和碎肉。這是什麼情況？瑪波沒辦法相信眼前所看到的情況。她是如此地深愛著夏洛克，可是，他死了，連屍體都變作一攤肉泥……怎麼會呢？爲什麼？夏洛克、凱薩琳、夏洛克、凱薩琳、夏洛克……

柯白莎看著瑪波恍惚的表情，「瑪波好像不太對勁。」

此刻，一股無力感佔據了十津川的心，他揮揮手，「算了，我好累。」

「十津川！」奧古斯塔拉住十津川，「你給我振作一點。」

「振作？」十津川苦笑，「奧古斯塔，你說得沒錯，這是陷阱。」

「陷阱……」瑪波似乎回過神來，她瘋狂地抓住奧古斯塔，拚命搥打他，「是你幹的！是你幹的！是你害死夏洛克！一切都是你設計的，對不對？！」

「瑪波！住手！」

「清醒一點，瑪波，瑪波——」伸手想拉開瑪波的柯白莎，忽然腳步不穩地晃了晃，然後悠悠地倒了下去。

「柯、柯白莎！」十津川推開奧古斯塔和瑪波，一個箭步衝到柯白莎身邊，「柯白莎？！」

十津川扶起柯白莎時，感覺到手有點濕。是血。柯白莎倒下時，正好撞到了地面上突起的石塊。

這時奧古斯塔用力推開瑪波，也衝到柯白莎身邊，「怎麼樣？心臟又不舒服了嗎？先帶她進去屋子裡休息……」

「休息？」十津川抬起頭，淒慘地大笑，「不用了！哈、哈哈哈！」

「柯白莎！」奧古斯塔此刻看到十津川的手掌，他也意識到柯白莎……「不行，也許還有救！」

十津川沉痛地緊緊抱住柯白莎，「不要死，柯白莎，不要死！妳不能死，妳不能就這樣丟下我……」

「十津川，放開柯白莎，也許她只是昏迷了，快點，我們應該要替她治療傷口！」奧古斯塔大叫著，但十津川根本沒理會他。

「——你們蹲在地上幹什麼？喔，我知道了，你們想趁柯白莎睡覺時，偷偷殺了她，對不對？」

瑪波站在十津川和奧古斯塔背後，吃吃笑了起來。

09．瑪波的異變

「瑪波，妳幹嘛？」奧古斯塔警戒地看著她，明顯感到瑪波變得異常。

「……柯白莎死了嗎？死了才好，死了才對。」瑪波踮起腳，越過奧古斯塔，想看看柯白莎。

「瑪波！閉嘴。」奧古斯塔想把瑪波拉走，但是瑪波卻不停笑著，繞著圓圈踱步。

「哈哈，太好玩了！」瑪波拍手，笑道，「下一個是誰？猜一猜，下一個是誰？」

「瑪波，瑪波，停下來，不要這樣。」

奧古斯塔看了眼悲慟的十津川，他此刻沒辦法顧及安慰，眼前最重要的是讓瑪波冷靜下來。奧古斯塔用力拉住瑪波右手腕，用力地把她拖走。

「幹什麼？！奧古，你是兇手，對不對？你要殺我，對不對？我才不怕你，奧古斯塔，你以爲你是誰？！這些詭計是你和十津川一手策劃的吧？凱薩琳、夏洛克還有柯白莎，現在終於輪到我了嗎？哈哈！」

瑪波幾近淒厲的笑聲在海浪的迴響下讓人感到一股莫名的恐懼。雖然此刻天際澄淨，藍得沒有一絲雲，但是在這座孤島上，完全沒有一絲碧海晴空帶來的美好。一棟發生過慘案的大屋，三具屍體，一個土坑……

這是個該死的暑假，該死的！

瑪波任憑奧古斯塔拉著，步伐混亂地往前走。奧古斯塔用空著的手推開大門，使勁把瑪波推開大廳。

瑪波雙眼瞪得大大的，神情變得異常猙獰，她喘著氣，臉上滿是汗水。二樓房門沒關，隨著太陽昇起，屋內氣溫也愈來愈高，從二樓發散出來的屍臭味和血腥味充滿了整間屋子。

「瑪波！我警告妳，不准亂跑，給我乖乖待在這裡。」奧古斯塔的情緒也快失控，他伸手抹掉額上汗珠，「不要胡思亂想，聽到沒？！」

瑪波眼珠轉動，臉上還是掛著淺笑，「還不殺我嗎？難道要先去宰了十津川？」

「妳瘋了嗎？瑪波，妳真的瘋了嗎？」

「你才瘋了。奧古……」瑪波忽然抓住奧古斯塔的雙肩，整個人貼上前，悄悄在奧古斯塔耳邊細語：「奧古斯塔，我告訴你，我親眼看到了。是夏洛克殺了凱薩琳喔，眞的，我不騙你。」

瑪波話一說完，奧古斯塔還沒來得及推開她，她便猛然張嘴，狠狠地往奧古斯塔的耳朵咬下去！

「幹，好痛！媽的！妳眞的瘋了——」

奧古斯塔慘叫一聲，用力推開瑪波。但是耳朵已經被撕裂，拉開了一道長長的傷口，鮮血直流，一下子就把奧古斯塔的衣領染紅。瑪波臉上變態的笑容更深了，她用舌尖舔舐上唇，很滿意似地點點頭，然後轉身，一步步走上通往二樓的階梯。

目送瑪波走上二樓右側，奧古斯塔耳朵的疼痛卻比不過心裡的驚慌和恐懼。看瑪波的樣子，她恐怕精神已經嚴重恍惚，甚至錯亂，根本沒辦法用正常的態度面對這一切。奧古斯塔眞正擔心的是，不知道瑪波會做出什麼事情來。

□

聽到大門砰一聲關上，瑪波這才在房裡的一張單人沙發上坐下。這間房的正中央放著一張加大雙人床，彈簧墊上染滿血，四周都積著厚厚的灰塵和蜘蛛網。瑪波瑟縮在沙發上，像是驚弓之鳥般警戒地環視房間。

屋外明明就是炎熱的天氣，陽光炙熱，可是房間裡不知爲何，竟然愈來愈陰暗。老舊的窗簾軌道開始移動，緩緩地發出嘰嘰的摩擦聲。瑪波扶著椅背，轉頭看著沒人碰過，但卻自己移動的窗簾，她張大眼，輕笑著。

「瑪波，爲什麼袖手旁觀？」

「凱薩琳？！是妳嗎？」

「瑪波，我在問妳，快點回答，爲什麼袖手旁觀？妳爲什麼不理我？妳應該要阻止夏洛克……」

瑪波雙手抱肩，驚惶地看著四周，沒有人影。「妳不是凱薩琳……凱薩琳已經死了！她死了！」

「妳很希望我死，是嗎？」

痛苦、內疚再加上接二連三的死亡事件，讓瑪波脆弱的內心完全扭曲，她先是縱聲大笑，之後又哭了起來。

「我恨妳，凱薩琳！我巴不得妳早點死，不，我根本就希望妳從來就沒出生過！如果沒有妳，夏洛克就不會不理我……我這麼努力，可是怎樣都比不上妳！妳好像輕輕鬆鬆就能完成所有事，爲什麼？妳憑什麼過得比我好，比我幸福？！」

「喔，瑪波……妳還不懂嗎？妳天生就是個輸家，失敗者。就連柯白莎都比妳強……哈哈，妳不是神探瑪波，是失敗者瑪波……」凱薩琳的聲音聽起來近在咫尺，但是瑪波此刻完全沒有任何判斷力。

「我不是失敗者！我不是輸家！」瑪波像是被人戳到痛處，發狂大喊，「凱薩琳，妳這個沒種的小賤貨，妳才是輸家！十津川寧可選個恐龍妹柯白莎，也不要妳！」

「……那有什麼關係？至少夏洛克是我的。喔，瑪波，我不在意其他的事，我只在意不能贏過妳！」

「什、什麼？」

忽然間，瑪波噤聲不語。她感到身後有股濕冷的異樣感覺。漸漸的，這股濕冷感開始延伸，從她的背後開始，一雙滿是暗紅色屍斑的手緩緩抱住了瑪波——

「不、不！」

瑪波痛苦害怕地尖叫著，

但是那雙手愈收愈緊，

接著，一雙沾滿泥土，

穿著灰色棉褲的長腿不知何時也出現了。

瑪波，此刻正坐在凱薩琳的身上。

□

柯白莎沒有呼吸了。

十津川任由眼淚滴落在柯白莎的臉上，他像是哄著嬰兒入睡般，輕輕地搖晃著柯白莎的屍體。

奧古斯塔快步走來，他本想看看柯白莎是不是還有呼吸，但當他一眼掃視到原本放著凱薩琳的坑洞時，他不禁呆呆站在原地，無法動彈。

凱薩琳的屍體不見了。

但夏洛克的白骨卻還在。

「媽的！十津川，你動過了凱薩琳的屍體，對不對？！」

「……」

「十津川，你清醒一點，我拜託你！」奧古斯塔忍不住，乾脆一巴掌打向十津川。

十津川的眼鏡就這麼飛了出去，啪啦一聲掉在地上，他的臉上過了幾秒，浮現了指印。奧古斯塔剎那間有點內疚，他能明白十津川的心情，可是，如果連十津川都倒下了，那該怎麼辦呢？

不知不覺中，太陽消失了。

雲層開始集結，天氣變得十分陰沉。

奧古斯塔在十津川身邊坐下，道歉道：「對不起，我不是有意的。我只是很緊張，我沒辦法再忍受任何人出事了。瑪波……瑪波的精神狀況已經不行了。如果連你也崩潰，恐怕我們就沒人能活著離開。」

奧古斯塔撿起十津川的眼鏡，放在他的手上。十津川過了好一會兒，才緩緩戴上眼鏡。他終於停止搖晃柯白莎的屍體，小心翼翼地將柯白莎放在地上。

「她看起來就像睡著一樣。」十津川自言自語著，渙散的眼神飄向遠方，「奧古斯塔，怎麼辦？柯白莎……」

「等到下星期一，事情就會完全結束了。」

奧古斯塔覺得自己根本就是在胡說八道，這些事永遠都不可能結束的，永遠都不可能被遺忘。可是，他除了這樣安慰十津川之外，沒有別的辦法。

□

——對不起，凱薩琳。

——沒關係，瑪波。

——以後，我們當好朋友吧。

——好，以後，我們要當好朋友。

□

黃豆大的雨點在瞬間開始落下。

彷彿被澆了一盆冷水，

十津川終於清醒不少。

「奧古，幫幫我，把柯白莎抬進屋裡。」

「好！」

這場雨來勢洶洶，一下子兩人的衣服都已濕透。兩人合力把柯白莎抬回屋內後，奧古斯塔抹了抹臉上的雨水，神色凝重。

「我看颱風就要來了，也把凱薩琳和夏洛克搬進來吧。」十津川說道。

「你……你都沒注意到嗎？」

「注意到什麼？」

「凱薩琳的屍體……凱薩琳的屍體不見了。」

「不見了？」十津川停下擦眼鏡的動作，神情茫然，「什麼叫做不見了？」

「我剛剛帶瑪波回來，之後又折回去找你……那時，我看到洞裡只剩夏洛克。」

「是嗎？」十津川嘆著氣，戴回眼鏡，看來已經完全清醒過來，「現在已經管不了那麼多了，先把夏洛克的屍骨帶回來吧。」

「走吧。」

說著，兩人再度走至屋外，這時雨勢更大了，兩人不得不用最快的速度跑到那個洞旁——

「他媽的奧古你開什麼玩笑？！」十津川的聲音在雨中聽起來有點模糊，「凱薩琳的屍體不是好端端在這裡嗎？」

奧古斯塔揉了揉眼睛，他不敢相信自己所見的情景，凱薩琳的屍體確實和剛剛發現時一樣，和夏洛克的白骨緊緊相擁著，完全沒有搬動過的痕跡。

大量的雨水讓泥土不停地往洞中流去，凱薩琳的屍體和夏洛克的白骨逐漸被泥漿覆蓋住。十津川和奧古斯塔站在大雨之中，沉默地看著泥漿灌注入洞，將他們的兩位好友漸漸淹沒。

「入土爲安。」奧古斯塔低低地說了一句。

雨聲太大太嘈雜，十津川沒聽清楚，「什麼？」

「我說！入土爲安！」

「最好是！」

「喂，起風了，我看還是進屋去吧。」奧古斯塔說道，「我可不想葬身風雨中。」

「……奧古斯塔，你有沒有人性啊？竟然還有心情說笑……」

「媽的，誰跟你說笑！」

「算了，走吧，回去吧。」

全身濕透的兩人，逆著風慢慢前進，強風使他們的移動速度極慢，花了不少時間才回到屋裡。

10．暴風雨

爲了「方便管理」這個爛理由，柯白莎被移到二樓去，就放在二樓左側的第一間房裡。在此同時，十津川和奧古斯塔兩人，也決定要把屋子的所有窗戶全都關上，準備迎接將要登陸的颱風。

「……對了，瑪波呢？」十津川問道。

「幹，差點忘了。我看她上了二樓，之後就沒再注意過。」奧古斯塔摸了摸耳朵的傷口，還挺痛的呢。

「你的耳朵怎麼了？」

「瑪波咬的。」奧古斯塔說道，「喂，十津川——瑪波現在的精神狀況完全不行了。我眞的不知道她會做出什麼事。」

十津川聳聳肩，「我也不知道，走一步算一步吧。」

奧古斯塔除了同意之外，也沒有別的辦法，他走進左側第二間房，用力把窗門關上。十津川站在奧古斯塔背後，心裡正在思考著。

凱薩琳、夏洛克還有柯白莎——去掉這三人，那麼，兇手不是奧古斯塔，就是瑪波了。也有可能是他們兩人一起合作——如果連奧古斯塔和瑪波都是清白的，那麼……

可惡，現在到底是怎麼回事？

能信任奧古斯塔嗎？

眞的可以嗎？

「喂，你發什麼呆？走，去下一間房了。」

「喔，喔……知道了。」

十津川看著奧古斯塔，他愈來愈覺得奧古斯塔太鎭定太冷靜了。但是，不能說，不能說出心裡的疑問。說了，誰知道會有什麼後果……

十津川自認不是個勇敢的人，他不想和奧古斯塔正面衝突。可是，腦袋裡一片混亂，什麼是眞、什麼是假、什麼是對、什麼是錯，十津川根本就已經分不清了。

□

死神悄聲問道：「進行得還順利嗎？」

書桌上的人頭張開僅存的半張嘴，回應道：「那當然——只不過，接下來就會開始採用激烈一點的手段了。」

「這樣啊……」

「等著看吧。」

□

奧古斯塔和十津川再度走進夏洛克血肉橫飛的那間房。潮濕的天氣讓房裡像個蒸籠似的。

「喂。」

「幹嘛？」

「你能相信，這些血呀肉的，全都是從夏洛克身上弄下來的嗎？」十津川嘆了口氣。「不知道屋主會怎麼想。」

奧古斯塔隨口回答：「搞不好他會說：『啊，這裡果然是凶宅。』什麼的，然後找一票高僧還是大師之類的禿驢來這裡撒點符紙香灰，敲個幾天幾夜木魚了事。」

「眞服了你。口氣竟然還這麼輕鬆。」

「要不然呢？我要是怕得大哭，這樣會比較好嗎？殺人魔會因爲同情而放過我嗎？會的話我馬上哭，我高中時可是戲劇社的呢。」

「我高中還是籃球隊的咧，不知道殺人魔懂不懂籃球。」語畢，十津川和奧古斯塔兩人相視而笑，這也勉強算得上是苦中作樂吧。

奧古斯塔小心翼翼越過滿佈房內的血肉，走向落地窗，用力地把窗戶關上。老舊的窗框發出嗄啦聲響。

「好，OK了。」奧古斯塔轉身時，一眼瞄到角落裡的唱機，「喂，這裡有台留聲機耶，不知道還能不能用。」

「留聲機？喔對，這裡是用來跳舞的房間。」

「不知道還能不能用，上面有張唱片……」奧古斯塔開始調唱針，「動了，還可以。」

那是一首哀傷如鬼泣般的曲子。奧古斯塔和十津川從來就沒聽過那麼慘的一首歌，彷彿一名女子幽魂在弔慰自己。他們並不知道，那是數十年前在歐洲造成多人自殺，被禁播的自殺名曲：〈黑色星期天〉❷。

「媽呀，這首歌聽起來好慘。」

奧古斯塔聽不下去，撥開了唱針。十津川呆呆地望著唱機，他忽然想起了房間裡的柯白莎。奧古斯塔大概猜到了十津川此刻的憂傷，他走向十津川，很理解似的拍了拍十津川的肩膀。

「好了，別想太多。你這樣只會讓柯白莎更難過而已。」

「……我眞的很差勁，對不對？」

「十津川，嘿，你振作一點，幹嘛老是亂想一通？！」奧古斯塔提高音量，「這次的事不是你的錯，你沒有責任，懂嗎？」

十津川深呼吸，

只有難聞的屍體臭味回應他。

「走吧，打起精神來。接下來，還有更大的難題在等著我們。」奧古斯塔看了眼二樓右側的房間。

十津川心領神會，點了點頭。他衷心希望瑪波的情況不要太糟，要不然還眞不知道該怎麼辦。畢竟，跟死屍在同間屋子裡，會比跟瘋子在一起來得安全——

□

嘎一聲，十津川和奧古斯塔推開了房門，只見瑪波縮在房間裡的一張單人沙發上，用驚恐的眼神看著走進房裡的兩人。

❷ Szomorú Vasárnap，英文名爲Gloomy Sunday，法國作曲家魯蘭斯．席理斯在一九三三年時創作的歌曲，據傳當時比利時以及其他歐美國家紛紛傳出有人在聽完此曲後自殺的消息，之後被英國BBC禁播，美國及西班牙亦隨之禁播，此曲影響極爲深遠。

「你們別過來！」瑪波大叫。

「瑪波，妳別這樣。」

「我叫你們別過來！」

奧古斯塔皺著眉，「瑪波，現在只剩下我們三個人了。」

「……那又怎樣？」瑪波哼了哼，剛剛臉上驚恐的神情竟然瞬間消失不見了，她冷冷地說道：「死掉的反正也都是些該死的傢伙。」

「瑪波！」十津川忍不住想衝上前，但卻被奧古斯塔拉住。

「十津川，冷靜點。」奧古斯塔用眼神示意，十津川這才憤憤地退了一步。

瑪波還是窩在沙發上，看起來和平常沒什麼不同，但若仔細看著她的眼神，就會感受到，瑪波變了。

「瑪波，妳打算一直待在這裡嗎？」奧古斯塔問道。

「廢話。」瑪波厭煩地揮手，「你們都走開，別煩我。」

「我們怎麼能就這樣丟下妳？萬一妳遇到了什麼危險，那該怎麼辦？」

瑪波換個姿勢，冷峻的目光從奧古斯塔臉上移到十津川，又移了開來。「你們是擔心我會偷襲你們，所以打算監視我吧？」

「要這麼說也不是不行。」十津川試著鎮靜下來，說道：「我們三個人應該不要分開，這樣比較安全。」

「哼，安全。」瑪波身體往前傾，「我怎麼知道你們兩個會不會聯手宰了我？滾，有多遠滾多遠！」

「妳——」奧古斯塔也火大了，「我們兩個如果要聯手宰了妳，那還需要在這裡跟妳瞎扯嗎？早就衝進來一人一刀斬死妳了！」

「……總之，我不會下樓，你們倆下樓後最好也別再上來。」瑪波趴在沙發扶手上，「快走，我不想看到你們。」

「好，隨便妳。」十津川拉著奧古斯塔，「走吧，沒什麼好說的。」

等十津川和奧古斯塔的腳步愈來愈遠，瑪波所待的那間房，房門開始無聲息地移動，就這麼靜悄悄地關上。

「……很好，瑪波，做得好。」

「是嗎？我做對了嗎？」

「沒錯，這樣是對的。」

凱薩琳的聲音原本細若蚊鳴，但現在卻愈來愈清晰。和聲音一樣，一束淡白色的影子在牆角浮現，也逐漸變得清晰……

「我們是好朋友嘛。」瑪波傻傻笑著，「我們要當好朋友才行。」

「是呀，沒錯。」

凱薩琳的形體終於可以看得清楚了，她臉部變形，雙眼鼓脹，下巴像是塞了不知什麼東西似的，根本闔不上，生前美麗的容貌，現在都已不復存在，只能從五官稍微辨認出一點。

凱薩琳移動到瑪波身邊，她伸出手緩緩靠近瑪波，像是在擁抱孩子似的抱住了瑪波，瑪波沒有拒絕，也把臉靠向凱薩琳已經沒有心跳的胸口。凱薩琳難看的臉好像浮現了一絲笑容。

「瑪波，瑪波，」凱薩琳說道，「我們是好朋友，對不對？」

「嗯。」

「那麼，我的朋友，也就是妳的朋友。」

「妳的朋友？」

「對，我的朋友……你們，過來，來向瑪波Say Hello！」

凱薩琳話聲剛落，房間突然像是一個被人拋在手上玩耍的小盒子般，劇烈地晃起來。任何正常人都會感到害怕、不適或者恐懼，但是瑪波卻一點驚慌的反應都沒有。

首先，一顆臉被炸出個大洞的人頭滾呀滾，滾到了瑪波腳邊；接著是一大串從天花板上垂下的腸子，慢慢地，腹肚被剖開的男人伸出雙腳；另一端，有個還算死得體面的男子，突然出現在窗邊……

「喔，凱薩琳，他們是妳的朋友……」瑪波漾著笑。

「沒錯，凱薩琳，他們想認識妳呢。喔，不只，還有她們。」

牆角不知何時出現了兩名女性的身影，一個穿著紅衣，一個穿著黑衣，彷彿姊妹般地手拉著手，安安靜靜不發一語。

「凱薩琳的朋友，就是我的朋友！」瑪波說道。

地板上年約五十多歲的人頭，吱吱地笑了起來。這房裡，頓時充滿著異樣的歡笑，瑪波，和邪惡亡魂們成爲朋友——嗯，對瑪波來說，也許這算得上一種人際關係的進步吧。

□

「十津川，如果我沒記錯的話，你應該是無神論者吧？」奧古斯塔忽然問。

「是啊。」

「理所當然，你也沒有宗教信仰？」

「沒有宗教信仰。」

「那就好。」

「幹嘛？」

「沒事。」

「快說！」

奧古斯塔聳肩，「我只是不希望你說出什麼鬧鬼之類的話，或者用超自然的力量來解釋發生的一切。」

十津川看了奧古斯塔一眼，「嘿。」

「嘿什麼？」

「其實我是有這麼想過，只是覺得這個念頭很蠢，所以隱而不宣。」

奧古斯塔嘆口氣，「媽的，我不想承認，其實我也一樣。說不通嘛，這一切就是說不通嘛！」

十津川很能理解奧古斯塔的反應。是啊，是說不通。兩人互看了一眼對方，不約而同地嘆了口氣。

「算了，想那些也沒用。」十津川想了想，說道：「我剛剛在想，要不要在樓梯這邊拉一條線。」

「拉線？」奧古斯塔思索著，「你擔心瑪波？」

「我總覺得瑪波不是主謀，可是依她現在的精神狀態，誰都不知道她會幹出什麼事來。」十津川說道，「萬一晚上——」

「我懂。」奧古斯塔點點頭，「就照你說的辦。」

11．怪男

入夜之後，奧古斯塔和十津川草草吃了些罐頭當作晚餐。十津川把幾罐罐頭和開罐器、兩瓶礦泉水和一把手電筒拿到二樓的樓梯，敲了敲瑪波的房門後，便回到大廳。

「她出來了嗎？」奧古斯塔問。

「沒有。很安靜，一點聲音都聽不到。」十津川看了眼奧古斯塔手上的釣魚線。

奧古斯塔解釋道：「我有帶釣具來島上。」

「我從不知道你喜歡釣魚呢。」

奧古斯塔本來想說點俏皮話，開點玩笑，但他還是放棄了，「這不是重點啦。現在，我要把釣魚線綁在樓梯上。我在想，掛幾個空鐵罐，你看怎麼樣？」

「好啊，你決定吧。」十津川動動頸子，「那個，我有點累，想去洗澡，你一個人在這裡可以嗎？」

「應該沒什麼問題。快去洗吧。」奧古斯塔舉起手，聞了聞自己，「媽的，超臭，我等會兒也要去好好洗個澡。」

十津川不置可否，從旅行袋裡拿了衣服後，靜靜地走向浴室。

□

睡到半夜，十津川忽然感到一股惡寒，他猛然坐起，打開了手電筒。奧古斯塔的睡袋是空的。

十津川有種很不好的預感。有個念頭在這時竄上了他的心：如果我沒醒來，奧古斯塔會不會藉機宰了我？他是兇手嗎？還是瘋掉的瑪波？他媽的，混蛋！我這是在幹什麼？也許這座島上還有其他人——

這時，廚房裡傳來了一些輕微的聲響。由於屋外風雨極大，所以根本就聽不清楚。十津川想了想，他站了起來，往廚房走去。

廚房裡，一名怪異的中年男子轉過頭，張開大嘴向十津川笑著。那名男子臉型十分平板，鼻子扁塌，牙齒卻較一般人更尖更小顆，長相宛若一隻變種鰻魚似的醜陋。

「我肚子餓，想吃宵夜。」長得像變種鰻魚的怪男人說道。

該死的，這個怪男人！是他，他一定從一開始就躲在島上，他早就計劃好了！

全都是他幹的！

對了！奧古斯塔——他一定也殺了奧古斯塔！十津川怒不可遏，抓起爐灶上的菜刀，往怪男人的側腹就是一砍。

「十、十津川！你在幹什麼？」奧古斯塔痛得彎下腰，他低頭看著染滿鮮血的手掌，「他媽的你瘋了！」

「——是你幹的吧？快點承認！這是陷阱，這是個邪惡的陷阱，而且是你一手策劃的陷阱！你這個該死的傢伙，到底想要怎麼樣？」

「你才該死！媽的！血，都是血……痛死我了……我什麼都沒做！我沒殺人！」

「鬼才相信——」十津川咆哮著，「殺人魔！怪物！」

十津川揮舞著菜刀，瘋狂地向奧古斯塔斬落，奧古斯塔不靈活地閃到旁邊，隨手抓起一只鍋子就往十津川丟去。十津川伸手撥開飛來的炒鍋，繼續逼近奧古斯塔。

「十津川！清醒一點！不是我做的！」

面對已經瀕臨崩潰的十津川，奧古斯塔在不停的躲避中，心態和壓抑已久的情緒也逐漸改變。如果不殺了十津川，那麼自己休想活命——媽的，爲什麼會演變到這種局面呢？

一刀，奧古斯塔的左臂被砍傷，一道鮮紅的開口長達十幾公分。奧古斯塔咬緊牙，抓起紙箱裡的罐頭拚命丟向十津川。十津川好像根本不怕痛，即使臉頰被罐頭尖銳的鐵角劃破，仍然緊握著菜刀，想要砍死奧古斯塔。

奧古斯塔沒別的選擇，慌亂中他拿起廚房牆上另一把尖刀，亂揮一通。十津川眼神冷峻，動作忽然停了下來。

屋裡很靜，兩人呼吸喘息聲清晰可辨。

十津川發紅的眼睛，緊緊盯著奧古斯塔。站在十津川面前的男人，不，並不是奧古斯塔，是一名長相怪異的中年男子，這個人——

「十津川，十津川！」奧古斯塔不得不舉起刀，抵抗著十津川。「混蛋！你竟然對自己的朋友——」

「我不認識你！」十津川大吼，彷彿要置人於死地似的緊抓住奧古斯塔，「去死！」

「媽的！」

奧古斯塔一腳踢中十津川的手腕，菜刀發出聲響掉落在地。奧古斯塔反手一刀，劃破十津川的肩。十津川大喝一聲，衝上前緊緊抱住奧古斯塔，雙手緊抓住奧古斯塔的頭部，猛力往牆上撞去！

奧古斯塔手握著的尖刀，本能地往十津川的背猛刺。十津川慘叫一聲，身體往後一彈，背部鮮血直流，但他退後的同時，左手指尖一扯，竟把奧古斯塔被瑪波咬傷，幾乎已斷了一半的耳朵就這麼扯了下來——

「嗚哇——」

奧古斯塔發狂地慘叫，丟下刀，緊緊捂住還殘留著些許皮肉的耳根。鮮血狂流，一下子就從他的指縫中溢出！

十津川看著眼前長得如變種鰻魚般的男人，他忽然衝向放置清潔用品的角落，顧不得背上的傷口血流如注，十津川在一堆清潔用品中找到一瓶廁所專用，強力腐蝕的鹽酸後再度衝入廚房。

「十津川……你……」

「我要報仇！我要替夏洛克他們報仇！哈哈！」

「不要，十津川，是我——」

「來嚐嚐這個！哈哈哈哈！」

十津川縱聲大笑，一面扭開了瓶蓋，他右手一揚，一股極刺鼻的氣味讓奧古斯塔猛然驚覺，他抬起手想護住頭臉，但是爲時已晚。

皮肉腐蝕的氣味和接連不斷的慘叫聲頓時充滿整間屋子，十津川扔下空瓶，已經陷入瘋狂狀態的他，得意地看著痛苦倒地，蜷曲成一團，不停哀嚎的男人。對方的頭皮和整張臉都被灼傷，胸口和手臂上的皮膚也不停地滲出血水。

「……報應！哈！大快人心，這就是你的報應！」十津川趕上前，不停狂踹奧古斯塔的身體，嘴裡也沒停過，「該死的王八蛋——你爲什麼要傷害我們？可惡的東西！」

奧古斯塔痛苦掙扎，激烈的動作不知道過了多久才緩緩停止，但卻還有呼吸。十津川的雙眼所見卻不是可憐的好友奧古斯塔，而是一名得到報應的瘋狂殺手。

此刻的十津川感到全身暢快無比，即使身上的傷口灼熱發疼，可是他卻面帶笑容，得意萬分地欣賞著自己的傑作。太好了，幫大家報了仇……這樣才對，惡人本來就該付出代價！

十津川注視著奧古斯塔好一會兒，之後又走到大廳，他四處找了一會兒，從旅行袋裡找出一把瑞士刀。瑞士刀裡附有開軟木塞瓶蓋的鐵製螺旋，十津川緊握著瑞士刀，快步衝回廚房。

「雖然我不知道你是怎麼把夏洛克弄成碎肉，但我也有自己的方法可以整治你！」

十津川說著撲上前，把奧古斯塔翻過身來，騎在奧古斯塔身上，用瑞士刀裡的鐵製螺旋狠狠捅進他的眼中。一下、兩下——直至奧古斯塔的左眼血肉模糊，直到奧古斯塔扭動幾下後靜止，十津川仍然沒停手。

□

死神在不遠處，靜靜地看著十津川凌虐著奧古斯塔。一旁那名紅衣女子的亡魂，哈哈笑個不停。

「太好了，這些人……原來個個都是殺人不眨眼的傢伙！」紅衣女子的亡魂微笑，「我從來沒想過，幻覺原來是種這麼可怕的東西。噢，我會懷念他們的。」

「沒錯，比我們當年有過之而無不及呀。」腹部開了個大洞的男人也點點頭。

死神不發一語，

在心底輕輕地嘆息。

奧古斯塔，我知道你始終想要成爲一個不凡的人，身爲你的朋友，我所能爲你做的實在少得可憐。在我的能力範圍內，唯一可以給予你的，就是「與眾不同的死法」。親愛的奧古斯塔，不要怪我。一個死神除了帶來死亡之外，別無選擇。

□

煮飯燒菜時，常常有人會問：「熟透了沒？」

殺人藏屍時，兇手總是會問：「死透了沒？」

此刻的十津川正問著自己，這個長相噁心，酷似變種鰻魚的男人到底死透了沒。騎在奧古斯塔身上的十津川喘著大氣，手裡的瑞士刀因爲鮮血而滑手，掉落在地板上，發出不太明顯的聲響。

大量的汗水從十津川身上冒出，前額汗如雨下，使得他的眼睛有幾分看不清了。十津川本想用手背抹乾臉上汗水，但是他注意到手心手背全是鮮血，於是反手在衣服上抹了抹後，才用稍微乾淨一點的手，把臉上的汗擦去。

彷彿做完一場激烈運動似的，十津川覺得輕鬆無比。他緩緩甩甩頭，動了動頸部，正當他想要站起身時，他突然發現，倒在地上的男人，怎麼看起來不太一樣了。穿著奧古斯塔的牛仔褲和T恤，一只奧古斯塔最珍愛的Zippo打火機掉在廚房一角，還有那雙CAMPER Pelotas的鞋……

瘋狂驚惶的恐怖念頭瞬間佔據了十津川的心。渾身血肉模糊，在極大的痛苦中慢慢死去的人是誰呢？老天保佑，不能是奧古斯塔，不會是奧古斯塔……

「奧古？」十津川全身顫抖，他輕輕扳過那人的臉。「喔、喔！奧古斯塔！是奧古斯塔！爲什麼會這樣？！怎麼可能！天哪——不會的！不會是奧古斯塔！」

即使被鹽酸腐蝕得血肉模糊，但也還看得出原來的五官輪廓。十津川的心臟像是要跳出胸口般地劇烈鼓動，他緊緊咬著雙唇，閉上雙眼。

十津川不敢看，

那張臉，

奧古斯塔的臉慘不忍睹，

左眼被攪成碎泥似的，

傷口皮肉翻起，血塊凝結。

爲什麼會這樣？站在自己面前的明明就不是奧古斯塔，是個變態、醜陋的男人！那個男人——不對，不對！怎麼了？是我自己看錯了嗎？怎麼可能？怎麼可能把奧古斯塔看成陌生人呢？

「十津川……抓住兇手了嗎？」瑪波的聲音突然傳來，她站在廚房門口。

「我……天哪，瑪波……我殺了奧古斯塔……是我殺了奧古斯塔……」

十津川激動地流下淚，他強迫自己睜開眼，好好看清楚，自己到底對奧古斯塔做了什麼事。

「十津川，你是不是頭昏了？你在說什麼？我不是瑪波，我是凱薩琳。」

「妳、妳——」

十津川倏地轉身，只見瑪波不知道何時換上了凱薩琳死時穿著的那套灰色休閒運動服，上面沾滿了泥土和雨水。濕淋淋的瑪波站在微弱的照明燈旁，朝著十津川微笑。

12．十津川

「十津川，怎麼了？」

瑪波側著頭，臉上天眞可愛的表情看在十津川眼裡，反而比任何兇狠的樣子還可怕。

「妳、妳別過來！」

「爲什麼？你殺了奧古斯塔，我要給你獎勵！」

「什麼？瑪波，妳在說什麼？」

瑪波嫣然一笑，「柯白莎死了，夏洛克也死了，再也沒有人可以妨礙我們了！十津川，你難道不知道我有多喜歡你嗎？」

「瑪波，妳住嘴！」十津川捂住耳朵，拚命搖頭，「妳是瑪波，妳不是凱薩琳！」

「我當然是凱薩琳。」瑪波張開雙手，彷彿展示著什麼，「你看，我就是我呀。」

「不，妳是瑪波！」

十津川雖然這麼說著，但才剛經過誤殺奧古斯塔的事，他現在根本就無法相信自己的眼睛。眼前的是瑪波還是凱薩琳，還是她倆以外的人，幾近瘋狂崩潰的十津川根本就不能確定！

「喂，不要那麼冷漠嘛。奧古斯塔的事我不會說出去的，我會替你保密，我愛你呀。」

瑪波走近渾身發抖的十津川，溫柔地抱住他，頓時，一股腥臭的泥土味竄進十津川的鼻腔，胸口也在同時感受到了又濕又冷又黏，如同爬蟲類一般的觸感。

「走開！」十津川大叫著，用力地推開瑪波。

瑪波跌倒在地，她掙扎著站起，卻一點都不生氣，吃吃地笑著，「十津川，你怎麼了呀？讓人家好好看看你嘛！看你把自己弄得髒兮兮的，這樣不行唷。」

十津川轉身，一把抓起剛剛用過的菜刀，直指瑪波，「瑪波，不要逼我，妳快點走開，快！」

瑪波臉色終於沉了下來，她換上冷冷的語調：「我說過，我是凱薩琳！十津川，你在胡說八道什麼？怎麼會把我跟那個蠢貨瑪波搞混呢？你再這樣下去，我可要生氣了。」

「滾開！」

十津川揮舞著菜刀，但是他全身的力氣似乎已經全部用盡，十指痠軟，就快握不住刀柄了。

瑪波用冰冷的眼神注視十津川，雨水從她的髮絲、鼻尖緩緩滴落在衣服上。沾滿污泥的休閒套裝讓瑪波看起來就像從泥地裡掙扎爬出的活屍。

靜止。

「……眞的，」瑪波過了許久才打破沉默，「不願意擁抱我嗎？」

「瑪波，我……我眞的做不到。」

「我說過我不是瑪波！我是凱薩琳。」瑪波目露兇光，她恨恨地瞪著十津川，「你眞的不想活了，對吧？」

「媽的，瑪波，妳到底是怎麼了？」

「我看，你眞的瘋了。」瑪波收拾起兇狠的表情，臉上浮現不屑的笑容，「沒關係，拒絕就拒絕。」

「妳是什麼意思？」

「現在，這裡就只剩我們兩個人。距離船來接我們的時間，還有好幾天呢。我們可以慢慢來。」瑪波微笑，「或者，等大家目睹島上的慘況時，我再向大家說明一切。」

十津川心頭一緊，「妳要跟大家說明什麼？啊？」

「說明……你是如何殺了奧古斯塔，還有夏洛克……反正，所有人的死都可以推到你頭上。」

「放屁！奧古斯塔……奧古斯塔是因爲……那是意外，是意外！至於夏洛克，我根本就不知道是誰殺了他！」十津川眼神一亮，似乎找到了一線生機似地說道：「也許夏洛克根本沒死，沒人能證明他死了！我知道了，是夏洛克，是他幹的，是他企劃好這一切！」

瑪波一臉「猜錯了大笨蛋」的表情，她搖搖手指，「沒有人會相信你的。」

「……」十津川雙腿一軟，跪了下來，菜刀扔在一旁，「我……我不是……我不是兇手……我是被逼的，才會殺奧古斯塔。瑪波，妳相信我，剛剛站在我面前的根本就是別人，一個——一個長得很醜很怪異的傢伙！眞的，妳相信我。」

「哎呀，好期待。你一定會被新聞記者描寫成台灣有史以來最殘酷變態的殺人魔。十津川，你眞了不起，太厲害了。」瑪波臉上仍掛著笑容，「還有，我最後一次提醒你：我，不是瑪波。」

瑪波說完，便轉身走出廚房。十津川跪坐在血泊裡，他的腦裡一片空白，耳旁似乎嗡嗡作響。

剎那間，十津川突然想起了最後一次在社團聚會時的情景。夏洛克和瑪波下著棋，奧古斯塔……坐在窗邊抱怨著京極夏彥的新書翻譯很爛，柯白莎一直想要赤川次郎的簽名，然後，凱薩琳走進社團，拿出一盒巧克力……

爲什麼，這一切感覺起來如此遙遠？明明就是不久前才發生的事，可是，記憶裡每個人的臉都變得好模糊，大家的笑容在腦海裡扭曲變形，原本隨著記憶湧現的笑語連連，不知不覺中轉變成一聲聲淒厲的尖叫和痛苦的呻吟。

「我的天哪……」十津川垂下頭，「誰……誰來結束這一切……」

十津川並沒有發現，他身後的牆，從灰白色的磁磚縫隙中滲出深紅色的血，血痕彷彿有生命地互相連結著，形成幾行血字。

我 個小娃 ，一個吊死 ，

一個跳舞跳不見，兩個捉對玩廝殺，

個 娃娃，老 骯髒好 ，

下身 再 合，又 新 。

屋內瀰漫著一股屍體臭味。由於颱風，所以沒辦法開窗，屋子裡空氣變得十分糟糕，悶熱潮濕，帶著令人無法忍受的黏膩感。

十津川不知道自己是怎麼離開廚房的。當他意識到四周空間已經改變時，人已經站在大廳的正中央了。大廳裡寂靜無聲。

十津川腳步沉重地走向階梯，坐了下來。他的頭髮汗濕，眼鏡也在打鬥中裂開，直到此時，他才感覺到，自己的後背傷口，被流淌過的汗水弄得十分疼痛。

人是種奇怪的動物。在受了重大的打擊或者強烈的刺激後，時常會完全改變個性。有時是好的，有時卻是壞的。現在，十津川的體內正逐漸產生了這樣的化學變化。

殺死奧古斯塔的內疚累積到了一定的程度之後，反而在十津川的內心產生出一種對抗自責的力量。他很努力想要說服自己，奧古斯塔的死是無可避免的悲劇，是命中註定的悲劇。

說來也奇怪，人們只要把不幸的遭遇怪責到命運或者是運氣這種無形的事物頭上後，心裡便會輕鬆許多，好像自己的罪孽或痛苦就這麼被洗清了一大半。十津川當然也不例外，他拚命說服自己，也許爲了活下去，而不得不如此。

人心，

難測。

□

稍微打開一點大門的縫隙，就可以感受到狂風強勁。十津川站在門邊，讓強風吹拂著自己，過了好一會兒，他才把門關上。

十津川拿出毛巾把臉上的雨水抹掉，換了件上衣。他回到廚房，想要拿刀，但一踏進廚房，就看到奧古斯塔倒臥在血泊中的屍體。十津川此刻臉上已不再有內疚和痛苦，他面無表情地拿起地上的尖刀，用準備好的布條把刀和手緊緊綁起。

不能讓瑪波跟警察胡說八道，

而且，瑪波根本就已經瘋了，

身爲瑪波的朋友，

應該讓瑪波早點解脫才對。

十津川懷著這樣的心情，快步走出廚房，來到樓梯前。十津川並沒有一鼓作氣衝上樓梯，他看著睡覺前奧古斯塔綁上的釣魚線和空鐵罐。釣魚線和空鐵罐都好好的，完全沒有被破壞過的痕跡。

怎麼會呢？那剛剛瑪波是怎麼下樓的？十津川伸出手指，輕拉了一下釣魚線。空鐵罐立即發出嘈雜的哐噹聲。

算了，再想這些也毫無意義。

十津川用刀砍斷釣魚線，幸好用手拉住，那些鐵罐才沒有因此而發出巨響。他放下鐵罐後，快步踏上了階梯，來到瑪波房前。

房門口還是沒有任何聲音。十津川動了動手指，希望它們保持靈活。他伸出手，輕輕握住了門把，喀噠一聲，門就這麼被打開了。

「這……這是……」十津川被眼前的景象驚呆了，他那張英俊的臉不由自主地抽動著，「瑪波？」

大約十坪大的房間裡，流洩著那首極悲慘的怪異歌曲，凱薩琳的屍體不知道何時被移到二樓，她的屍體已經開始腐敗，衣服卻被脫下。而穿著不合身的凱薩琳休閒套裝的瑪波，正坐在地板上，好像正在玩耍似地，對著空氣說話。

「瑪波，瑪波。」

十津川鎮靜下來，他喚了瑪波幾聲，但瑪波都沒有回應，只是對著牆壁的一大灘血跡傻笑。

「可憐的瑪波，成爲一個瘋子之後，還有什麼未來可言呢？即使活在這世界上，也只會受人欺負而已。」

十津川所說的話，不知是在說服自己還是說給瑪波聽，他緩緩地走進房中，雙手緊握著刀。

「……與其成爲一個沒有希望的瘋子，還不如就此了結，對吧？」

就在十津川高高舉起尖刀的同時，他的雙手手腕分別停在空中無法動彈，手腕上並出現了人指造成的凹痕！

「怎、怎麼回事？！」十津川驚呼。

這時彷彿有個無形的人扣住了十津川的手腕，將他不停地往上提起，十津川就這麼傾斜地浮在半空中。十津川手腕上的指痕愈來愈深，嗤地一聲，指痕掐入肉裡，就這樣扯開皮肉，形成一道道傷口！

「天哪！瑪波！瑪波，救我！」

任憑十津川怎麼呼喊，瑪波還是沒有反應，她好像已經什麼都聽不到了，就只會對著牆上的血笑著。她的笑容就像是遇見白馬王子的小姑娘那樣，羞澀又甜美，在這間恐怖的屋子裡，瑪波的笑容看起來令人毛骨悚然。

這時，十津川不停地慘叫著，他的身體像是被無形的鐵鉤劃過，一道道縱長的傷口不停出現，傷口歪七扭八，鮮紅色的肌肉組織就這麼不停地往外翻開，鮮血沿著身體滴落在地板上，發出吧嗒吧嗒的聲音……

13 · GAME OVER

就這麼飄浮在半空中的十津川，身體上全都是一道道噁心的傷口，十津川無論怎麼喊叫掙扎都徒勞無功。

好幾次，十津川希望有人一刀宰了他，迅速了結他的痛苦，但是事與願違，即使疼痛刺骨，可是十津川意識卻仍然十分清醒。正因如此，他對傷口處傳來的難忍疼痛和空氣鑽進血管裡的異樣痛楚，感受得十分清晰。

死亡！

十津川流下淚，

他從來沒有這麼渴求過，

他需要死亡，需要結束，需要解脫。

這時，讓十津川飄浮在空中的力量忽然消失了，他在瞬間重重跌落在地，這一次猛烈的撞擊，使得十津川背後和腿部的傷口在壓迫下瞬間溢流出許出鮮血。

「啊……」十津川忍不住哀嚎，這一摔，使得他眼前一片黑。

但是，距離結束還遠得很。瑪波這時緩緩轉過頭，用同情的眼神望向十津川。一開始，十津川只感覺到異樣的恐懼。

「喔，十津川，是你。」瑪波向他招招手，「過來，一個人在那裡幹嘛？來呀，過來，我們大家都在等著你呢。」

「大、大家？！瑪波，妳到底、到底在說什麼？」

瑪波不解地看著十津川，「我在說什麼？我在說的當然是這幾位新朋友啊。雖然他們死了很久，可是人都很好，又容易相處，比奧古斯塔他們好得多了。」

十津川張大嘴，艱難地喘息著，撐起了上半身，「瑪波……妳真的瘋了……」

「你幹嘛那種表情？不只我，凱薩琳也喜歡和他們在一起，對不對，凱薩琳？」瑪波回頭，向凱薩琳的屍體一笑。

凱薩琳的屍體動也不動，但瑪波卻突然表情一變，裝出凱薩琳的聲音，說道：「瑪波，妳說的一點都沒錯，我們是好朋友。」

「噢不！」十津川拚命站了起來，一步步往房門口退去，接著轉身衝下樓。

沒錯！瑪波完全瘋了！她根本就是精神分裂，除了真實的自己，她同時還扮演凱薩琳——媽的，可是——就算她瘋得無比徹底，也不能解釋剛剛那間房裡發生的事啊？！身上數十處傷口鮮血直流，再這樣下去，一定會失血而死。

這時，十津川腳一滑，整個人就這麼滾下樓。

「媽的！」十津川趴在地上，他覺得腰就快斷了。在他想要努力站起之前，一雙熟悉的腳出現在他面前。

柯白莎！

那是柯白莎。

「十津川……」柯白莎看起來和平常沒兩樣。

十津川大叫一聲，抱住頭，「別、別過來！」

「十津川，我不會對你動手。」

柯白莎的聲音聽起來有點憂鬱，她蹲了下來，想要伸手撥開十津川的頭髮，但十津川往後一縮。柯白莎顯然有點失望，她也縮回手，站了起來。

「你跟我想像中不太一樣。」柯白莎苦笑，「我想，是我不夠了解你吧。」

「柯、柯白莎……」十津川此刻已經完全崩潰，他拚命地揮舞著手，「走開！快走開！不要找我！不關我的事——」

柯白莎嘆了口氣，就這麼緩緩消失。十津川瞪著憑空消失的柯白莎，他全身顫抖不已，臉上的汗如雨下。恐懼、驚惶、痛楚再加上強烈的疲倦，十津川幾乎沒辦法動彈。

他喘著大氣，用力吞了吞口水，想要閉上眼。極度疲倦的十津川，並沒有注意到凌亂帶血的腳印從廚房一路走來，藏身在黑暗之中的奧古斯塔，手上的尖刀在大聽一角的手電筒微弱光源反射下，閃過一絲淒寒的銀色光芒……

□

柯白莎走進瑪波的房間，紅衣和黑衣女子，還有其他亡魂們都在那裡等著她。瑪波都看得見，她溫柔地向大家投以微笑。

「怎麼樣，死神大人？這次的遊戲好玩吧？」紅衣女子笑問，「這五個人裡，我最喜歡十津川了，雖然他最後死得有點慘。」

「我喜歡奧古斯塔。雖然是我們的靈魂佔據了他的身體，讓他復仇，不過確實很好玩，而且他的身體裡本來就充滿了負面能量。」書桌上的人頭，一邊說著，一邊激烈地搖晃起來。「總之，我們就快要可以離開這裡了，這次眞是愉快的合作，對吧，大人？」

柯白莎不置可否，攤開手，「說實話，我沒想過讓他們變成地縛靈，留在這個島上。不過……我的任務是帶他們邁向死亡，至於死後的情況，那就不在我的能力範圍內了。」

「那麼，死神大人，您現在要離開了嗎？」人頭問道。

柯白莎點點頭，「我想離開了。你們要記住，這位瑪波小姐必須在今天黎明昇起前死亡，這樣我們的契約才算完全成立。如果她到時還沒死，我會回來親手取走她的靈魂，到那時，你們其中就有人得繼續留在島上，永遠無法轉世重生。」

「死神大人，請您放心，我們已經想好要怎麼對付這丫頭了。」黑衣女子冷笑，以不屑的眼神看了眼瑪波，「不過，在讓她死亡之前，我們想要好好整整她呢。」

「隨你們的便，反正，我對這位瑪波小姐，也沒什麼好感。」柯白莎難得地露出冷漠的表情。

柯白莎離開房間，

默默地下樓走向大廳。

□

柯白莎打開大門。風雨已經幾乎停止，就要天亮了。她獨自一人沉默地往岬角方向走去，在岬角岩石下，有艘看起來相當古老的小船。

柯白莎緩緩上了小船，解開纜繩。她沒拿起木槳，也沒有開動馬達，就這麼讓小船漂著，隨著潮浪，不知道會漂往何方。

她從隨身的包包裡拿出一本空白便條紙，十元就能買到厚厚一本的那種，還有一枝鉛筆。

現在，我要寫下這次計劃的始末。

我的共犯只有一人，凱薩琳。

選擇凱薩琳當第一階段的共犯，理由再簡單不過。只有財力如此雄厚的她，才能按照計劃安排出一座眞正的暴風雨山莊。

從一開始的《密室的夏天》，這個網頁就是假的。是我拜託一位宅男網友做出來的釣魚網頁。

接下來，徵人啓事出了錯。我沒辦法弄到教官室的許可章，因爲蓋許可章之前教官們會先打電話到欲徵人的公司去調查，以確保學生的安危。雖然也可以拜託凱薩琳處理，可是太麻煩了。所以在大家傳閱完徵人啓事後，我不得不找機會撕掉啓事的一角，謊稱許可章就蓋在上面。

第三，那間清潔公司是凱薩琳父親用來節税的一家子公司，所以凱薩琳把一切都安排得十分周到。唯有一點——在第一次和公司的劉主任見面時，他竟然對我們五人互相稱呼的綽號絲毫不驚訝也不好奇，這證明他早就知道這一切，而且顯然也對用偵探名作爲綽號的人很熟悉——好比凱薩琳。

至於那座島和島上的建築，確實發生過慘案。本來我只是拜託凱薩琳找棟普通的別墅，不過她在凶宅網上發現了這棟房子，透過她父親的關係，租下了這棟凶宅。

其實我早就知道夏洛克和凱薩琳曾經交往過，如果不是因爲十津川，他們不會分手。說到十津川——我沒想到十津川到後來竟然有如此巨大的改變，本來我打算讓他死得輕鬆一點，可是，一想到他對奧古斯塔做的事，我就改變主意了。我讓那幾個亡靈「自由發揮」。

夏洛克認爲凱薩琳迷戀著十津川，所以對凱薩琳一直心懷不滿。而偷偷喜歡夏洛克的瑪波，也十分討厭凱薩琳。喔，對了——我們親愛的瑪波小姐，我怎麼能讓她輕鬆結束這一切呢？她是我最討厭的人了。

至於總是很照顧我的奧古斯塔，我只能說聲對不起。他太聰明了，但卻也是唯一嚮往死亡的人。奧古斯塔有著很嚴重的負面心理，他在遊戲中的位置，就是負責刺激其他人。

看起來，這五個人中沒有任何人惡劣到需要以死謝罪；但是我，死神——我的責任是帶著他們擺渡到黃泉的彼岸，而非斷定他們的罪。

世人總是被慾望蒙蔽，甚至爲此喪失了性命。這點在我數百年來的職業生涯中，不知看過了多少次。有時我冷淡以對，有時我替他們感到悲哀。這五個人並不壞，可是他們的名字是任務名單裡的最後五個，他們不死，我無法交差。

我還記得，這五個人的共通點，就是熱愛推理小說裡的暴風雨山莊故事。在出去也進不來的地方，一樁又一樁的命案接連發生……只可惜，我動用的不是詭計，而是亡魂。

在這場遊戲裡，我以同樣平等的凡人身分來進行，放棄了大部分慣用的手段，只使用了「復活」這個小技巧。

不過，那棟屋子裡的亡靈並非完全受我控制。死神的權限其實小得可憐，只能讓人死亡，卻不能控制死後的靈魂。我只能說，那棟屋子裡的亡靈們，正是促使這計劃能夠順利完成的主因。

因爲他們曾是或仍是我的朋友，所以我讓他們在一場有趣的遊戲中死去，而非愚蠢地死於意外之中。

現在我的任務已了，

下一次回到人世，

不知道是什麼時候。

一隻從黑袍中伸出的白色手骨放下了鉛筆。柯白莎此時已經完全恢復了死神該有的容貌，一身骷髏，沒有血肉的臉上，只有兩顆血色眼球在眼洞中骨碌碌地轉動著。

她緩緩從小船上站起，海平面上一片白茫霧氣。那艘小船好像早就知道目的地似的，平穩地朝著濃霧的中心前進……

尾聲

「呵～啊！」小馬打了個大呵欠，散漫地動了動滑鼠，關掉了電動，「夭壽無聊的啦……喂，大B，你在幹嘛？」

「看書。」

「看什麼書？」

「小說。」

「哪種小說？」

「推理小說。」

「在講什麼的？」

「在講謀殺的。喔唷！你很煩耶，不能一次問完嗎？」大B抬頭，不爽地白了小馬一眼。

「幹，那麼兇幹嘛？你工作都做完囉？還有時間看小說……」

大B冷冷答道：「誰像你啊！筆錄都沒整理完就在那邊打什麼鬼電動。」

「對喔！上星期那個無人島慘案的筆錄我都還沒整理，夭壽喔，被組長知道肯定被轟。」

「那還不快去整理？」

「你他媽很無情耶，你就不會問一句：『有沒有需要我幫忙的地方』喲？」

「問個屁！你這小子肯定會說：『就等你這句話啦』，媽的，我這不是自找麻煩嗎？」

「哼！這款人也來做警察，有影是沒天良……」小馬心不甘情不願地打開了桌上的卷宗，「喂，相片咧？」

「啥咪相片？」

「這裡啊，筆錄上有個本名熊家寶，綽號熊寶的證人說，去島上之前有在港邊拍照，那照片咧？」

「好像在一個死者的旅行袋裡有發現數位相機，我不知道印出來了沒有。」大B放下書，在自己的桌上摸索一陣，找到一個文件夾，「有啦，在這。」

小馬拿過照片，開始一張張看起，看到第五張時，他不禁叫了一聲，「夭壽！哪來這種相片?!」

「怎麼了？」見多識廣的大B大概也猜到了，他探頭一看，果然——

照片裡有三男一女在一艘船前合照。看起來應該還有另一個人，但是那個人所站的位置，只有一片黑影，彷彿故意被塗黑似的。

「幹，又是靈異照片，拿去外面關老爺前面拜一拜好了。」大B雙手合十，低聲唸了句：「南無阿彌陀佛。」

小馬仔細看了看照片，「不對，司機熊家寶說，那天明明就是三男兩女坐上他的車，可是紀錄裡加上坐直升機去的那個小妞，也是三男兩女啊。照理說，加上搭直升機去的那個小妞，應該要有三男三女才對。」

「你瘋了，他們社團成員不是來做過筆錄嗎？這個叫什麼埃德加的推理研究社裡，本來幹部就只有五個人啊，哪來的六個人？」

「手機的通聯紀錄咧？」

大B想了想，「說到通聯紀錄，很怪，眞的！」

「啥咪意思？」

大B一手拿過卷宗，翻到最後幾頁，「這是五個死者的通聯紀錄，有個共同的號碼非常怪。你看。」

「666？」

「沒錯，666。」大B說道，「我問過這幾家電信業者，他們都說那個號碼沒有開放過，因爲大家都很迷信，說那是惡魔的數字。」

小馬用力點頭，「沒錯，我玩過一個遊戲，上面也這樣說咧。」

「那你覺得，這個五名死者都打過的號碼是怎麼回事？而且還收到也傳過簡訊。」

「……大概是電信公司出錯了吧？」小馬怪叫一聲，「這個案子夭壽邪門的啦。」

「嗯……這些相片是現場同事拍的吧？」大B拿起一張現場照片，他眉頭緊皺，啐了一口，「兇手真的是變態！」

「是啊，難得一見的瘋子。」小馬聳聳肩，「我還真想看看他長什麼樣子咧，如果抓得到的話——」

「……如果抓得到的話。」

那張警方所拍的照片裡，那所別墅的大廳中，有四具較正常的屍體，還有一具白骨。這五具屍骨被整齊地排放在正中央的樓梯前，像是五個展示娃娃一樣坐著，但是，頭部全都被切下，放在屍體的雙手上。兇手好像喜歡惡作劇似的，把人頭放在別的屍體，重新搭配過。

警方到達現場時，

發現在屍體前方寫著幾句話：

我有五個小娃娃，一個吊死一個傻，

一個跳舞跳不見，兩個捉對玩廝殺，

我有五個小娃娃，老舊骯髒好邋遢，

折下身體再組合，又是五個新娃娃。

後記

耶耶改版了~（雀躍中）

嗯咳，不行，還是要正經一點（嚴肅貌）。

不知道爲什麼，大家都以爲我很熱愛恐怖的事物，但跟我很熟的朋友都知道，本人實在是異常的膽小。是那種睡覺還得開盞夜燈的類型。這樣的個性到底爲什麼會開始寫鬼故事呢？全部是因爲認識多年的總編大人一聲令下（啊啊我說出來了），沒想到一寫，就寫了這麼多本。現在想來，總編大人可以說是最重要的幕後推手啊（感恩）！

最後，謝謝購買本書的讀者朋友——寫故事是條寂寞的路，只有讀者的回應，才會讓作者感受到故事的完整與貨眞價實的存在感。

能懷著感謝的心寫下後記，是件非常幸福的事。

鍾靈

二〇一〇・冬

死神遊戲

The Fatal Game

國家圖書館出版品預行編目資料
鬼校怪談：死神遊戲/ 鍾靈著. ——初版. ——臺北市：
春天出版國際, 2010.12
面； 公分.——（鍾靈作品；03）
ISBN 978-986-6345-58-6（平裝）
857.7　　　　　　　99024302

鍾靈作品／03
鬼校怪談：死神遊戲

作者 ◎ 鍾靈
總編輯 ◎ 莊宜勳
責任編輯 ◎ 黃郁潔
封面繪圖 ◎ 斑目
封面設計 ◎ 克里斯
行銷企劃 ◎ 胡弘一

發行人 ◎ 蘇彥誠
出版者 ◎ 春天出版國際文化有限公司
地　址 ◎ 台北市忠孝東路四段303號4樓之一
電　話 ◎ 02-2721-9302
傳　真 ◎ 02-2721-9674
E−mail ◎ frank.spring@msa.hinet.net
網址 ◎ http://www.bookspring.com.tw
部落格 ◎ http://blog.pixnet.net/bookspring
郵政帳號 ◎ 19705538
戶　名 ◎ 春天出版國際文化有限公司
法律顧問 ◎ 蕭顯忠律師事務所
出版日期 ◎ 二〇一〇年十二月初版一刷
定　價 ◎ 180元
總經銷 ◎ 楨德圖書事業有限公司
地　址 ◎ 台北縣新店市復興路45號3樓
電　話 ◎ 02-2219-2839
傳　真 ◎ 02-8667-2510
香港總代理 ◎ 一代匯集
地址 ◎ 九龍旺角塘尾道64號 龍駒企業大廈10 B&D室
電　話 ◎ 電　話◎852-2783-8102
傳　真 ◎ 傳　真◎852-2396-0050

排 版 ◎ 浩瀚電腦排版股份有限公司
印刷所 ◎ 鴻霖印刷傳媒股份有限公司

ISBN 978-986-6345-58-6
Printed in Taiwan

The Fatal Game

鍾靈作品

私の，限りなく残酷でいて，怖い手帖——．

The Fatal Game

鍾靈作品

私の，限りなく残酷でいて，怖い手帖——